*Carry Slee*

# Verdriet met mayonaise

*Met tekeningen van Dagmar Stam*

Van Holkema & Warendorf

BEKROOND DOOR DE NEDERLANDSE KINDERJURY 1992

Vijfde druk 1992

ISBN 90 269 1195 5 / CIP

Illustraties: Dagmar Stam
Vormgeving omslag: Toine Post

# *Kapucijners met spek*

Gapend laat Leentje zich uit de luie stoel op het vloerkleed glijden. Ze kruipt over de grond naar voren en drukt de televisie uit.

Wat word je toch altijd melig van 's middags televisie kijken. Volgens Annemiek was het zo'n gave film. Nou, ze heeft hem gezien. Bah! Niks aan!

Ze rekt zich uit en loopt naar de keuken. Haar moeder is bezig spek in stukjes te snijden. Behendig glipt Leentje met haar hand onder moeders arm door om een plakje te pikken.

'Afblijven!' Moeder tikt Leentje licht op haar vingers.

'Eén stukje mag toch wel?' Alsof ze een poes is, wrijft Leentje haar gezicht langs de schouder van haar moeder.

'Nou, vooruit, één plakje en dan tafeldekken.'

'Kan niet!' zegt Leentje, terwijl ze het spek in haar mond stopt. 'Ik moet nog even naar Los, een cadeautje kopen voor Annemiek. Die is morgen jarig.'

Moeder draait zich verontwaardigd om.

'Nu nog? Daar heb je de hele middag de tijd voor gehad! Papa kan zo thuiskomen en dan gaan we eten.'

'Ik vlieg!' belooft Leentje. 'Echt waar.' En ze rukt haar jas van de kapstok.

Net als moeder er iets tegenin wil brengen, gaat de telefoon. Leentje blijft staan luisteren. Misschien is het Annemiek wel die opeens geen boekje over paarden meer wil hebben.

'Hè, wat jammer nou,' hoort ze haar moeder zeggen. 'We eten nog wel kapucijners met spek, jouw lievelingsgerecht.

Ja, ik snap het. We wachten wel op je.'
Zuchtend legt ze de telefoon op de haak. 'Je hoeft je niet te haasten, papa komt later. Die heeft weer eens een vergadering. En doe je wel voorzichtig!' waarschuwt moeder als Leentje al bijna buiten staat. 'Pas alsjeblieft op dat je niet onder een auto komt.'
'Nee hoor, ik zal vlak voor een bus oversteken, dan kan ik tenminste niet onder een auto komen.' Leentje steekt plagend haar tong naar haar moeder uit en trekt dan de deur achter zich dicht.
Als ze de winkelstraat inkomt, ziet ze tot haar schrik dat de boekverkoper bezig is de rekken met kranten en tijdschriften binnen te halen. Ze rent de straat door en stormt hijgend de winkel binnen.
'Nou, nou, wat een haast,' lacht de boekhandelaar.
'Ik dacht dat u al dichtging,' puft Leentje. 'En ik moet nog een boekje over paarden hebben voor mijn vriendin, die is morgen jarig.'
'Ik heb wel wat over paarden.' De man loopt naar een rek en haalt er twee boekjes uit. 'Dit vertelt hoe je paarden moet verzorgen. En dit beschrijft de geschiedenis van paarden; waar ze vandaan komen; welke soorten er bestaan en waar ze in het wild leven.'
Leentje bekijkt de boekjes zorgvuldig. Ze weet het niet. Dat ene over die verzorging, dat bedoelt Annemiek niet, dat weet ze zeker. En dat andere met die geschiedenis van paarden erin? Nee, dat interesseert Annemiek vast niet. Eigenlijk zijn ze alletwee niet geschikt.
Zenuwachtig wipt Leentje van haar ene been op haar andere. Wat moet ze nou? Ze durft het haast niet te zeggen, die meneer is juist zo aardig.
'Ik eh... ik denk toch dat ik iets anders bedoel,' zegt ze aarzelend. 'Een boekje met foto's van paarden, of zo.'
'Nou, dan kijk ik toch nog even of ik dat voor je heb.' Opgewekt zet de man de boekjes in het rek terug en zoekt

verder. 'Is dit soms iets voor je?' Hij geeft Leentje een ander boekje.
Ze bladert erin. Het boek staat vol prachtige kleurenfoto's van allerlei soorten paarden, veulens en pony's.
'Ja, dat bedoel ik!' zegt ze blij.
'Mooi zo.' De man neemt het boekje mee naar de toonbank en terwijl hij het inpakt, haalt Leentje het geld uit haar portemonnee.
Even later loopt ze met het pakje in haar hand de winkelstraat uit. Ze gaat de hoek om en wil oversteken, maar het is hartstikke druk. Auto's rijden af en aan. De brug heeft zeker weer opengestaan. Geduldig wacht Leentje tot ze een gaatje ziet tussen de lange sliert auto's.
Hé, haar vader heeft net zo'n auto als die aan de overkant staat. Of ís het haar vaders auto? Leentje tuurt naar de overkant. In de auto herkent ze de zwarte krullekop van vader. Er zit iemand naast hem: een vrouw. Zeker van zijn werk. Zal ze naar hem toe gaan? Dan kan ze mooi mee naar huis rijden. Ze wacht tot er even niks aankomt, dan steekt ze over.
Midden op straat blijft ze staan. Ze ziet dat de twee hoofden in de auto heel dicht bij elkaar zijn. Ze kussen elkaar...
Leentje schrikt zo dat ze helemaal vergeet dat ze midden op een drukke straat staat. Toeterend rijden de auto's langs haar heen. Ze heeft het zelf niet eens in de gaten. Alleen die twee hoofden ziet ze. Even wordt alles wazig voor haar ogen. Dan draait ze zich in paniek om en rent de weg over. Ze hoort het geluid van piepende remmen. Een vrachtwagenchauffeur draait zijn raampje open. 'Wou je dood, zus!' schreeuwt hij kwaad en hij tikt daarbij tegen zijn voorhoofd. Maar Leentje hoort het niet eens. Totaal overstuur rent ze de straat uit, terwijl het schrikbeeld van de twee hoofden van alle kanten op haar afvliegt. Haar hart bonst in haar keel.

Op de hoek van de straat blijft ze staan. Ze durft niet naar huis. Hoe moet ze haar moeder nog recht in de ogen kijken? Ze trilt over haar hele lichaam. In gedachten ziet ze moeder voor het raam op vader wachten, terwijl de kamer gevuld is met de geur van kapucijners met spek; vaders lievelingsgerecht.
'Dat zijn dus de vergaderingen van de laatste tijd!' fluistert ze.
Toch zal ze naar huis moeten, er zit niets anders op.
Met lood in haar schoenen loopt ze de straat in. Voor de deur haalt ze diep adem en dan stapt ze naar binnen.
'Kind, wat zie je eruit!' Bezorgd kijkt moeder haar aan. 'Er is toch niks gebeurd?'
'Ik... ik zag een ongeluk...' verzint Leentje. 'Een heel erg ongeluk...'
Met een wit gezicht gaat ze naar haar kamer.
'Hier heb je een glaasje water. Blijf maar even rustig liggen, papa is er toch nog niet.' Haar moeder blijft even op de rand van haar bed zitten. Dan gaat ze terug naar de keuken. Leentje hoort haar in de pan kapucijners roeren. Ze verbergt haar gezicht in haar kussen. Even later hoort ze de voordeur opengaan. Ze rilt. Dat moet haar vader zijn.
'Laat hem alsjeblieft wegblijven...' smeekt ze zachtjes. 'Voorlopig kan ik hem niet zien... en kapucijners met spek hoef ik nooit meer van mijn leven!'

## *Scherven brengen geluk*

Telkens als Leentje die nacht in slaap dommelt, schrikt ze wakker. Of ze valt in een diepe put, of ze heeft het gevoel dat ze stikt. En hoe ze ook gaat liggen, het helpt niks. De ene angstdroom volgt de andere op.
Eindelijk is het ochtend. Leentje staart met een somber gezicht naar het plafond. Beneden hoort ze moeder de tafel dekken. Maar zelfs het vertrouwde geluid van rammelend bestek en borden kan haar niet opvrolijken. Ze heeft geen zin om op te staan. Pas als ze de klok acht uur hoort slaan, en haar vader dus bijna weg moet, stapt ze uit bed.
Zodra ze de kamerdeur opendoet, kijkt vader verrast op.
'Zo meid, fijn dat je weer bent opgeknapt.'
'We hebben je gisteravond maar laten liggen,' zegt moeder, die bezig is brood te snijden. 'Je sliep zo lekker, zonde om je wakker te maken.' Ze legt een boterham op Leentjes bord.
Leentje voelt dat ze rood wordt. Ze hoorde haar ouders gisteravond heus wel binnenkomen. Ze sliep helemaal niet, ze deed maar alsof.
Stilletjes gaat ze aan tafel zitten, terwijl ze haar vaders blik zoveel mogelijk probeert te ontwijken. Zonder te kijken pakt ze iets om op haar brood te doen, iets dat het dichtst bij haar bord staat: pindakaas. Pas als ze een hap neemt, heeft ze het in de gaten. Gats, brood met pindakaas! Nou ja, vandaag is toch alles rot, dit kan er ook nog wel bij. En ze slikt het brood door.
Vanonder haar oogharen gluurt Leentje naar moeder. Die is druk bezig vaders lunchpakket klaar te maken. Alsof het

de gewoonste zaak van de wereld is dat zíj dat doet. Terwijl vader zelf uitgebreid de krant zit te lezen. En haar moeder heeft nog geen tijd gehad om zelf te eten. Nou zeg! Het liefst zou Leentje de boterhammen van het bord grissen en naar haar vaders hoofd smijten. Maar ze weet zich in te houden, totdat moeder opstaat om voor het lunchpakket een appel te pakken. Dan kan Leentje het niet langer meer aanzien.
'Waarom doe je dat eigenlijk niet zelf!' zegt ze kwaad tegen haar vader.
Verbaasd kijkt vader van zijn krant op. Maar nog voordat hij iets kan zeggen, geeft moeder al antwoord.
'Waarom zou hij? Ik zorg hier toch voor het huishouden?'
'Zie je nou?' lacht vader. Hij wil Leentje een aai over haar bol geven, maar daar moet Leentje niks van hebben. Ze duikt weg. Daardoor stoot vader per ongeluk haar beker thee om. De beker rolt van tafel en valt stuk.
'Scherven brengen geluk.' Opgewekt staat vader op om een stoffer en blik te halen. Maar moeder houdt hem tegen.
'Laat maar, dat doe ik wel. Ik heb de hele dag de tijd.'
'Welja!' roept Leentje uit. 'Gooi al je troep maar op de grond. Mama heeft toch de hele dag de tijd.' Woedend pakt ze vaders bord en kiepert het leeg boven het vloerkleed zodat alle broodkruimels op de grond vallen. En niet alleen zijn bord, ook haar eigen bord met de halve boterham erop keert ze boven het vloerkleed om.
'Leentje, is dit nou nodig?' vraagt moeder.
Maar Leentje doet net of ze niks hoort. Uitdagend kijkt ze haar vader aan. Ze voelt een onbedwingbare drang in zich opkomen om ruzie met hem te maken; knallende ruzie. Ze pakt de krant onder zijn ogen vandaan, propt hem in elkaar en smijt hem in een hoek van de kamer. Iets waar vader anders woedend om zou worden. Maar gek genoeg wordt hij helemaal niet woedend. Hij denkt dat Leentje een grappige bui heeft.

'Ik geloof dat ik maar beter kan maken dat ik hier wegkom, voordat je mij ook nog verfrommelt.' Lachend gaat hij de kamer uit. Even later komt hij binnen met zijn jas aan. Hij geeft moeder een zoen en loopt daarna naar Leentje toe. Die wendt vlug haar gezicht af. Vader haalt zijn schouders op.
'O ja, ik denk dat het vanavond weer later wordt,' zegt hij nog. En dan gaat hij weg. Moeder loopt naar het raam. Leentje zit als verstijfd op haar stoel als ze haar moeder voor het raam ziet staan. 'Ga alsjeblieft weg bij dat raam...' denkt ze. Maar moeder blijft staan tot vader wegrijdt en zwaait.
'Nog zwaaien ook!' Leentje kan het niet meer aanzien. Ze krijgt het eerst koud en dan warm. En dan begint ze tegen moeder te schreeuwen: 'Wat sta je daar nou... Ga zelf ook eens weg! Jij zit hier maar thuis, voor gek, de hele dag. Wie wil dat nou? Wie wil nou de hele dag voor gek zitten? Andere moeders blijven toch ook niet de hele dag thuis? Die werken, of ze gaan naar een clubje!'
Verschrikt draait moeder zich om. 'Ik dacht dat je het juist gezellig vond dat ik altijd thuis ben.'
'Gezellig... gezellig!' roept Leentje uit. 'Wat is er nou voor gezelligs aan als je moeder thuis zit weg te rotten!'
'Ik heb anders genoeg te doen.' Haar moeder pakt de vuile ontbijtborden op.
'Genoeg te doen!?' schreeuwt Leentje. 'Allemaal stomme huishoudklussen: afwassen, stofzuigen, bedden opmaken!'
'Wie moet dat anders doen?' verdedigt moeder zich. 'Iemand zal er toch voor moeten zorgen dat het huis schoon en gezellig is.' Ze pakt het blad met servies en brengt het naar de keuken. Leentje loopt woedend achter haar aan.
'Laat papa zelf zijn troep opruimen, die heeft toch ook handen aan zijn lijf!'
'Leentje! Nou heb ik genoeg van die brutale praatjes. Ik wil

niet dat je zo over je vader praat. Hij werkt keihard, dat weet je best. En dat doet hij ook voor jou. Weet je wel hoe laat hij gisteravond thuiskwam? Nou?'

'Hou op!' schreeuwt Leentje. 'Ik wil het niet horen… ik wil niks meer over papa horen, niks, hoor je dat! En als hij nog één keer zegt dat hij moet overwerken dan… dan…'
Huilend van woede holt ze naar haar kamer en laat zich op haar bed vallen. Waarom heeft ze dit allemaal gezegd? Nou heeft zij haar moeder ook nog verdrietig gemaakt. Leentje begint te snikken. Waarom, waarom moest papa die auto nou nèt in die ene straat parkeren? Had-ie hem maar ergens anders gezet, dan had zij dit verschrikkelijke nooit geweten.

# *De walkman*

Tien voor half negen...
Leentje springt op. Zo meteen komt ze nog te laat. Haastig trekt ze haar rugtas van het bed. Het cadeautje van Annemiek valt eruit. Dat is waar ook, ze moet nog naar een feestje.
Alsof ze daar nu zin in heeft. Ze zucht.
Veel liever zou ze zich in haar kamer opsluiten, helemaal alleen, om na te denken over wat er gebeurd is. Maar dat kan niet. Annemiek is haar beste vriendin, het zou niet leuk zijn als ze niet op haar feestje kwam.
Ze gaat voor de spiegel staan. Wat ziet ze eruit met die dikke rode ogen! Ze houdt haar gezicht onder de kraan. Zo, dat is beter. Anders gaan ze allemaal vragen wat er is. Daar moet ze niet aan denken, dan begint ze zo weer te huilen. Nu beginnen haar ogen alweer te prikken.
'Hou nou op!' spreekt ze zichzelf streng toe. 'Je gaat gewoon naar school alsof er niks is gebeurd!' Ze hangt haar rugtas om en loopt haar kamer uit.
'Dag mam!' brult ze in de gang en dan gaat ze.

'Leentje...!' hoort ze achter zich.
Leentje draait zich om.
'Hèhè!' zucht Annemiek. 'Loop jij te slaapwandelen? Ik schreeuw me kapot en jij sjokt maar door.'
'Gefeliciteerd!' Leentje geeft haar vriendin een zoen.
'Zie je niks aan me?' Trots wijst Annemiek naar haar oren.
Nu ziet Leentje het. 'Je hebt 'm gekregen! Wat goed, laat horen!'

Annemiek doet meteen haar nieuwe walkman af. Ze wil hem op Leentjes hoofd zetten, maar dan ziet ze haar behuilde gezicht. 'Wat is er met jou?'
Leentje haalt haar schouders op. 'Niks.'
'Wat nou niks!' roept Annemiek verontwaardigd. 'Ik zie heus wel dat je gehuild hebt, hoor!'
Leentje bloost en kijkt naar de grond. 'Ruzie met mijn moeder,' zegt ze zachtjes.
'Waarover?' wil Annemiek weten.
Hemel, echt weer iets voor Annemiek om zo stom door te zagen.
Leentje bijt op haar lip. 'Gewoon over niks.' En voordat Annemiek nog iets kan zeggen, vraagt ze gauw: 'Wat gaan we eigenlijk vanmiddag doen?'
'Midgetgolfen,' antwoordt Annemiek. En dan gaat ze verder. 'Mijn moeder heeft een vrije middag genomen, gezellig hè? We gaan met haar auto naar het midgetgolfpark.'
'Gaat je vader niet mee?' Leentje vindt de vader van Annemiek juist zo'n leuke man.

'Nee. Eéntje moet er thuisblijven om voor het eten te zorgen. Toen hebben ze geloot, kop of munt. Natuurlijk verloor mijn vader, want mijn moeder speelt altijd vals. Echt hoor,' lacht Annemiek. 'Hoe ze het elke keer voor elkaar krijgt! Dan leidt ze mijn vader af en legt gauw een andere munt neer, of ze draait hem om.'
Leentje moet ook lachen. Ze ziet het voor zich. Haar moeder zou zoiets nooit doen. Maar die zou ook liever thuisblijven om voor het eten te zorgen dan in haar eentje met een stel meiden en jongens naar het midgetgolf-park gaan. Trouwens, dat zou niet eens kunnen. Ze heeft geen rijbewijs! Gek is dat, daar heeft Leentje nooit over nagedacht. Haar vader rijdt altijd. Toevallig houdt hij ook van autorijden. Maar daardoor kan haar moeder natuurlijk nooit zomaar ergens heen, zonder vader. Opeens beseft Leentje hoe afhankelijk haar moeder is.
'Ben je doof? Ik vroeg of je die Paul ook zo'n eikel vindt?' schreeuwt Annemiek in haar oor.
'Eikel...? Paul...?' Verward kijkt Leentje Annemiek aan. 'O, Paul, die nieuwe jongen...'
Annemiek blijft staan. Ze pakt Leentjes arm vast. 'Wat heb jij toch vandaag?'
Leentje voelt opnieuw de tranen opkomen. Maar ze mag nou niet huilen! Niet op Annemieks verjaardag! Ze slikt een paar keer.
Opeens horen ze hard gezang: 'Lang zal ze leven... lang zal ze leven...' Op de brug staan Merel, Jasmijn en Simone de jarige op te wachten. Vrolijk huppelt Annemiek op hen af, terwijl ze met haar armen de maat slaat.
'Hartelijk gefeliciteerd!' Om de beurt vallen de vriendinnen Annemiek om haar hals.
'Wat dachten jullie hiervan?' Met een stralend gezicht maakt Annemiek haar tas open en houdt een doos bonbons in de lucht. 'Voor de juffen en de meesters, maar ik heb er toch genoeg.' En ze houdt haar vriendinnen de doos voor.

Terwijl ze nog met zijn allen op de brug staan, komt er een oude heer langs. Lachend kijkt hij naar het vrolijke groepje. Annemiek houdt hem de doos voor. 'Wilt u er ook één? Ik ben jarig.'
'Ben je jarig, kind?' Hartelijk geeft de man Annemiek een hand. Daarna pakt hij een bonbon uit de doos. 'Nou nou, dat is nog eens een goed begin van de dag. Vertel eens, wat heb je gekregen?'
'Een walkman!' Annemiek zet haar walkman aan en begint midden op de brug te swingen. Vergenoegd kijkt de man ernaar.

'Wilt u hem soms ook even op?' vraagt Annemiek.
'Nee kind, ik heb mijn eigen walkman.' Hij wijst glimlachend naar het gehoorapparaat dat in zijn oor zit. Nu moeten ze alle vijf lachen.
'Nou dames, ik wens jullie nog een prettige dag!' De man neemt zijn hoed af en loopt verder.
Vlak bij school blijft Annemiek staan. 'Ik heb helemaal geen zin in leren.'
'Zullen we vragen of we een toneelstukje mogen opvoeren, omdat jij jarig bent?' stelt Simone voor.
'Ja leuk!' juicht Annemiek.
'Maar we hebben helemaal niks,' zegt Leentje.
'Nou en, zo klaar. Ik ben juf en jullie zitten bij mij in de klas,' verzint Annemiek. 'En dan komt er een nieuwe leerling.'
'Ja, net zo'n eikel als Paul!' bedenkt Simone gauw. 'Kan je lachen, dan trek ik zijn jas aan en...'
'Daar heb je meester Niels! Ik ga het meteen vragen!' En voordat iemand er iets tegenin kan brengen is Annemiek weg.
Ze is in een wip terug. 'Het mag! Ik heb gewoon gezegd dat we er al heel lang op geoefend hebben. Maakt niks uit, in de pauze spreken we het wel af.'
'Ik weet niet of ik meedoe.' Leentje kijkt bedenkelijk. 'Ik eh ... ik vind het niet aardig om Paul na te doen. Dat zouden jullie ook niet leuk vinden als je net op een nieuwe school kwam!'
Jasmijn is het met haar eens, dat ziet Leentje. Maar die durft het natuurlijk weer niet te zeggen. Bang voor de grote mond van Simone. En Merel heeft nooit een eigen mening.
'Ah toe, Leen,' dringt Annemiek aan. 'Omdat ik jarig ben.'
Leentje houdt voet bij stuk. 'Als jullie iets anders bedenken doe ik wel mee.'
'Meeste stemmen gelden,' beslist Simone, voordat Annemiek iets kan zeggen. 'Wie vindt het wel leuk? Jij wel, hè

Jasmijn!' En ze doet alvast één vinger omhoog voor Jasmijn.
'Eh... ja,' aarzelt Jasmijn.
'Ik ook,' zegt Annemiek. 'Maar, als Leentje niet meedoet dan...'
'Dat heeft hier niks mee te maken!' Kattig valt Simone haar in de rede. 'Jij wilt wel en ik vind het ook leuk. Nou, dat zijn er al drie. Het gaat dus door!'
'Toch doe ik niet mee,' houdt Leentje vol. 'Ook al zijn er drie die het wel willen.'
'Dan niet!' snauwt Simone en ze sleurt Annemiek bij Leentje vandaan. 'Kom mee, we gaan vragen of de jongens ook meedoen.'
'Ja, kan je lachen!' En Annemiek rent achter Simone aan de school in, zonder verder op Leentje te letten. En nog geen tel later zijn de anderen ook weg. In haar eentje blijft Leentje op het schoolplein achter. Ze gaat tegen het klimrek staan. Meteen komt het verdrietige gevoel terug.
Stilletjes loopt ze naar binnen en gaat op haar plaats bij het raam zitten. Ze staart naar buiten. Niemand let op haar, iedereen staat om Annemiek heen. Om de beurt mogen ze even de nieuwe walkman op.
Behalve Paul, die eikel.

# *Paul*

Meester Niels klapt in zijn handen. 'Allemaal de walkman bewonderd? Dan gaat nu iedereen op zijn plaats zitten. Vandaag wordt er hard gewerkt.'
Annemiek gaat uitdagend voor hem staan. 'Behalve door mij, want ik ben jarig.'
Meester Niels geeft een rukje aan haar haar. 'Een jarige moet juist hard werken.'
'U had wel eens een cadeautje voor Annemiek mee mogen nemen!' schreeuwt Simone door de klas.
'Heb ik,' zegt de meester.
Ongelovig kijkt Annemiek hem aan. 'Waar dan?'
Zijn ogen beginnen te glinsteren. 'Je krijgt je cadeautje zo, het staat achter op het bord. Het is voor jou, maar iedereen mag ervan mee genieten.'
'Hèhè, wat flauw. Zeker een dictee!' Annemiek gaat op haar plaats zitten.
'Nee hoor, een som.' En hij slaat het bord om.
'Dit is een voorbeeld,' legt meester Niels uit. 'Bestuderen jullie het maar goed.'
Meteen wordt iedereen stil.
Na een tijdje kijkt de meester de klas in. 'Is er iemand die het niet snapt?'
Als er geen vingers worden opgestoken, veegt hij het voorbeeld uit. Dan schrijft hij zo'n zelfde som op.
'Leentje, kom jij maar even voor de klas en maak die som voor mij af!'
Leentje schrikt op uit haar gepeins. Som...? Wat voor som? Ze was helemaal vergeten dat ze in de klas zat. Ze staat op

en loopt naar het bord. Meester Niels duwt het krijtje in haar hand. Leentje ziet allemaal getallen op het bord staan, maar ze snapt er geen snars van.
'Komt er nog wat van?' Ongeduldig trommelt Niels met zijn vingers op zijn tafel.
Hulpzoekend kijkt Leentje naar Annemiek, maar die haalt haar schouders op. Zeker ook niet opgelet. Paniekerig glijden haar ogen langs de rijen. Niemand schijnt het te

weten, zelfs Simone niet. Nou, dan moet het wel heel ingewikkeld zijn, want Simone is een kei in rekenen. Meester Niels noemt haar zelfs 'onze rekenkundige'.
Opeens ziet Leentje de lippen van Paul bewegen. Ze probeert te lezen wat hij zegt. Ja, ze ziet het. Ze pakt het krijtje en schrijft tweeëndertig op het bord. Dan kijkt ze de meester aan. Zou het goed zijn?
Ze krijgt een klopje op haar schouder. 'Dat valt me mee. Eerlijk gezegd dacht ik dat je zat te dromen. Ga maar naar je plaats.'
Opgelucht gaat Leentje zitten. Is ze daar even goed van afgekomen. De meester schrijft opnieuw een voorbeeldsom op. Leentje kijkt naar het bord en bestudeert de som. Maar weer dwalen haar gedachten af...

Als Leentje in de pauze buitenkomt, ziet ze Paul bij het fietsenhok staan. Resoluut stapt ze op hem af. 'Nog bedankt.'
Verlegen speelt Paul met de rits van zijn jas. Hij zegt niks.
'Ik geloof dat jij de enige was die het snapte,' gaat Leentje verder. 'Knap hoor.'
Onverschillig haalt Paul zijn schouders op. 'Niks knap. Op de vorige school waren we veel verder met rekenen. Ik heb deze sommen allang gehad.'
'Nou, daar had ik dan mooi geluk mee.' Leentje haalt een appel uit haar zak en houdt hem Paul voor. 'Ook een hapje?'
'Nee, dank je, ik heb een boterham bij me.' Paul voelt in zijn zak en pakt er een zakje uit.
'Waar zat je eerst op school?' vraagt Leentje.
'Bergen aan Zee,' antwoordt Paul en hij neemt een hap van zijn boterham.
'Was het daar leuk?'
Paul slikt zijn hap brood door. 'Mijn vader en moeder hadden daar een hotel.'

'O, wat leuk! En nou?' Vragend kijkt Leentje Paul aan.
Paul kijkt naar de grond. 'Nou niks. Nou woon ik bij mijn opa tot mijn moeder weer beter is.'
'En je vader dan?' Het is eruit voor Leentje er erg in heeft. Zenuwachtig propt Paul het boterhammenzakje in elkaar. Leentje ziet het. Ze krijgt medelijden met Paul. 'Je hoeft het niet te vertellen, hoor.'
'Je mag het best weten,' zegt Paul. 'Mijn vader woont nu in Amerika. Van de zomer ga ik naar hem toe. Tenminste... als mijn moeder beter is. Anders ga ik niet.'
Leentje schrikt. 'Is je moeder erg ziek?'
Paul wordt rood. Onrustig schuift hij met zijn voet over de grond. 'Ze is overspannen. Nu woont ze zolang bij mijn tante. Ze kon er niet tegen dat mijn vader...'
Wat Paul nog meer vertelt, hoort Leentje niet meer. Het afschuwelijke beeld van de twee hoofden flitst door haar heen. Wat zal er gebeuren als haar vader bij die andere vrouw gaat wonen? Dan heeft haar moeder alleen haar nog. Ze zal altijd alleen thuis zijn, de hele dag. Niemand om 's morgens uit te zwaaien. Alleen Leentje, maar die is vaak weg. Zou haar moeder daar wel tegen kunnen? Vast niet. Zou ze dan ook overspannen worden en bij een tante gaan logeren? Maar tante Johanna is helemaal niet aardig. Daar zou ze nog veel zieker worden, vooral van die vreselijke oom Frederik. Nee, dat kan niet. Waar zou ze dan heen moeten? Misschien wel naar het ziekenhuis...
Alles om haar heen begint te draaien. De geluiden van het schoolplein vervagen.
'Wat heb je?' Bezorgd grijpt Paul haar vast.
Leentje haalt een paar keer diep adem. 'Het gaat wel weer.' Ze wil weglopen, maar Paul pakt haar arm beet. Angstig kijk hij haar aan.
'Je praat er toch met niemand over, hè? Over wat ik je heb verteld. Het gaat ze niks aan, zie je... ze begrijpen het toch niet.'

Leentje kijkt Paul recht aan. 'Ik hou mijn mond. Daar kan je van op aan.' En met een ruk draait ze zich om.
'Luisteren jullie nou?' hoort ze Simone schreeuwen. 'Zo meteen is de pauze om en dan weten we nog niks. Wie speelt nou voor meester? Jeroen of Maarten?'
Jeroen en Maarten luisteren helemaal niet, die rollen over de grond.
Ongeduldig stampt Simone met een voet op de grond. 'Hou nou op! Zo gaat het toch niet!'
'Het gaat juist hartstikke goed.' Lachend zit Maarten bovenop Jeroen en kietelt hem in zijn buik.
'Annemiek helluppp... hij kietelt me... Daar kan... ik niet... tegen...' hikt Jeroen.
En Annemiek gaat erop af. Gierend van de lach sjort ze Maarten van Jeroen af.
Nu wordt Simone echt kwaad. 'Jullie zoeken het maar uit! Ik doe het niet meer!' Ze loopt weg, terwijl ze stiekem achterom kijkt of Annemiek achter haar aankomt.
Maar Annemiek let niet op Simone. Die is allang weer vergeten dat ze een toneelstukje zouden voorbereiden.
Uitgelaten stuift ze op Leentje af. 'Kom mee, we doen jongens pakkertje!' Ze trekt Leentje mee en holt achter de jongens aan.

## *Feest*

'Daar heb je mijn moeder! Kom op, jongens!'
Annemiek wil de klas uit hollen, maar meester Niels gaat voor de deur staan.
'Even wachten, het is nog geen tijd.'
Nog geen tel later rinkelt de bel door de klas. Annemiek en haar vrienden stormen naar buiten. Hoofdschuddend staat de meester voor het raam.
'Moet dat allemaal in dit kleine autootje?' Met grote schrikogen kijkt mevrouw Smit naar de groep kinderen die voor de auto staat te dringen. 'Ik dacht dat jullie met zijn zessen zouden zijn?'
'Waren we eerst ook,' legt Annemiek uit. 'Maar vandaag heb ik besloten dat Jochem en Silvia ook meemogen. Gezellig toch?'
'Reuze gezellig, als iedereen maar in de auto past,' glimlacht mevrouw Smit.
'Makkelijk!' beweert Annemiek.
Jeroen duwt de een na de ander de auto in. 'Proppen jongens!'
Zelf past hij nog net met één bil op de achterbank. De auto is stampvol. Alleen Annemiek staat nog buiten. Voor de grap doet Jeroen het portier dicht.
'Volgende keer beter!' Hij steekt plagend zijn tong naar Annemiek uit.
'Dat had je gedacht!' Annemiek rukt het portier open. Ze wringt zich naar binnen en gaat bij Jeroen op schoot zitten.
'Help...! Ik word vermorzeld!' gilt Jeroen.
Annemiek trekt zich er niks van aan. Ze blijft lekker zitten.

Trots stoot ze haar moeder aan. 'Zie je nou wel dat het lukt?'
'Prima!' kreunt Maarten vanuit de kattebak.
'Karren maar!' brult Annemiek.
Lachend start mevrouw Smit de auto. Ze zwaait naar meester Niels en rijdt weg.
Onderweg naar het midgetgolf-park heeft Annemiek het hoogste woord. 'Jongens, pas op. Ik ga van jullie winnen met midgetgolf.'
Jeroen trekt aan haar oor. 'Dat had je gedacht. Maarten wint, zeker weten. Die is een knoert in midgetgolfen.'
Verontwaardigd draait Annemiek zich om. 'Wedden dat ik win?'
'Waar wedden we om?' wil Maarten weten.
'Wie van mij wint, mag met me trouwen,' belooft Annemiek.
'O nee, hè? Ik blijf wel in de kattebak, stel je voor dat ik win ...' En Maarten slaat zijn handen voor zijn ogen.
Als ze bij het midgetgolf-park zijn, rollen ze over elkaar heen de auto uit. Annemiek springt uitgelaten overeind.
'Jongens, je kan hier ook waterfietsen. Dat ga ik doen, veel leuker dan midgetgolfen!' En ze holt weg.
Lachend kijkt mevrouw Smit naar Leentje.
'Snap jij dat nou? Ze moest en zou midgetgolfen...'
Leentje moet ook lachen, die kent haar vriendin wel.
'Jullie zoeken het maar uit. Ik hoor het wel.' Mevrouw Smit ploft op een terras neer en bestelt een kop koffie. Annemiek, Jochem, Silvia en Jeroen hebben al een waterfiets te pakken. Simone en Maarten niet. Die moeten wachten tot er een wordt teruggebracht.
'Wie gaat er mee midgetgolfen?' vraagt Leentje.
'Ik.' Jasmijn gaat bij haar staan.
'Dan doe ik ook mee.' Mevrouw Smit drinkt haar koffie op en loopt achter de twee meisjes aan.

Het is een spannende wedstrijd. Jasmijn, Leentje en mevrouw Smit staan precies gelijk. Ze moeten alleen nummer achttien nog. Enthousiast stuiven ze erop af.
'Ik mag eerst.'
'Nee ik.'
'Ik.'
Maar als ze zien wat nummer achttien inhoudt, zijn ze op slag ontmoedigd.
'Moet die bal daarin, in dat net? Dat is toch veel te moeilijk. Dat kan niemand!'
'Toch wil ik het proberen.' Mevrouw Smit legt haar bal op de baan en haalt haar stick naar achteren alsof ze gaat slaan. Dan wijst ze opeens naar de glijbaan. 'Moet je die oude man nou zien!'
Twee hoofden draaien in de richting van de glijbaan.
'Waar?'
'Welke man?'
'Ik zie niks.'
Vragend kijken ze naar mevrouw Smit. En dan zien ze dat haar bal keurig in het net ligt.
'O, we zijn erin getrapt!' Met opgeheven stick rent Leentje op mevrouw Smit af. 'U hebt weer vals gespeeld!'
'Ik? Vals gespeeld...?' Mevrouw Smit trekt haar onschuldigste gezicht. 'Ik weet niet waar je het over hebt. Ik heb die bal er echt in gekregen.'
Lachend kietelt Leentje met haar stick in mevrouw Smits buik.
'Ja, ja... Toen wij toevallig niet keken, hè?'
'Hoor 's, dan moeten jullie maar opletten,' zegt mevrouw Smit. En ze schrijft een punt voor zichzelf op.
Op dat moment komt Annemiek eraan.
'Wie wint hier?'
'Wie dacht je?' grinnikt Leentje. 'Onze koningin in vals spelen. Net stonden Jasmijn en ik nog gelijk met je moeder...'

'Hoor je dat, Miekie...' fleemt mevrouw Smit. 'Hoor je wat ze over je moedertje zegt? Alsof ík ooit vals zou spelen.'
'Kom maar, hoor mammie.' Annemiek drukt haar moeder tegen zich aan. Intussen geeft ze haar vriendinnen een wenk. Bliksemsnel rennen die naar het net en leggen hun bal erin. Dan laat ze haar moeder los.
Verbaasd kijkt mevrouw Smit naar de twee ballen in het net.
'Hè, hoe kan dat nou?'
Uitdagend kijkt Leentje haar aan.
'Had u maar moeten opletten.'
'Gefeliciteerd! We hebben alledrie gewonnen, eerlijk is eerlijk. En nou in de auto, jongens, want volgens mij zit Fred met het eten te wachten.'
Het is weer een heel geduw en gesjor, maar uiteindelijk zitten ze weer in de auto.

Mevrouw Smit heeft gelijk. Zodra ze de voordeur opendoen, komt er een walm van patat en gebraden kip in hun neus.
Hmmm... Hongerig ploffen ze aan tafel.
Als iedereen zit, gaat Annemiek staan. Plechtig tikt ze met haar mes tegen haar bord. 'Mag ik een ogenblikje stilte alstublieft.'
Pas als het echt stil is gaat ze verder: 'Hierbij kondig ik aan dat ik me vandaag officieel heb verloofd met Jeroen Schaar.'
Verlegen duikt Jeroen weg, maar Annemiek sjort hem aan zijn haren omhoog. Nu begint iedereen te klappen. Leentje staat op. Ze pakt een beker van tafel en houdt hem als een microfoon voor Annemiek.
'Ik ben van het programma AAN-UIT. Mag ik u misschien een paar vragen stellen?'
Annemiek geeft Jeroen een zoen op zijn wang.
'Daar hebben wij geen bezwaar tegen, hè schat?'
Iedereen schiet in de lach, behalve Leentje, die blijft ernstig.
'Mevrouw Klapzoen,' gaat ze verder. 'De hoeveelste keer is dit nu dat u zich met Jeroen Schaar verlooft?'
Annemiek trekt een heel interessant gezicht. Ze fluistert wat met Jeroen. Dan telt ze op haar vingers.
'Om precies te zijn is dit de zevende keer, mevrouw Aan-Uit.'
Jeroen knikt braaf dat ze gelijk heeft.
'Hoogst interessant,' vindt Leentje. 'En hoeveel keer denkt u dat het nog uitgaat?'
'Nooit meer, mevrouw Aan-Uit. Neemt u dat maar van mij aan. Ik weet het nu absoluut zeker, deze jongen is het helemaal! Zo'n lekker schatje, hè lieverd!' En ze kriebelt Jeroen onder zijn kin.
'Dan wil ik nu nog een paar foto's van u beiden maken.' Leentje loopt naar achteren en doet of ze een fototoestel in haar hand heeft. 'Kijkt u maar even lief naar elkaar.'

Annemiek kijkt overdreven verliefd naar Jeroen. Maar Jeroen trekt een gezicht of hij een worm moet doorslikken.
'Dank u wel. Deze foto zal een enorm succes worden.'
Beleefd geeft Leentje Annemiek en Jeroen een hand. Dan loopt ze naar haar plaats terug. Weer begint iedereen te klappen.
'Wanneer gaan jullie eigenlijk trouwen?' wil Simone weten.
'Weten we nog niet, hè poepie,' antwoordt Annemiek.
'Als het zover is, horen jullie het wel. We nodigen de hele klas uit,' beslist Jeroen.
'Toch niet meneer eikel?' vraagt Simone.
'Paul is helemaal geen eikel,' zegt Leentje fel. 'Vanmorgen heeft hij mij voorgezegd met rekenen. Dat zou een eikel nooit doen.'
'Alleen omdat-ie zo nodig moet laten zien hoe goed hij kan rekenen,' beweert Simone. 'Hij moet professor worden.'
'Helemaal niet. Dat komt omdat ze op zijn vorige school veel verder waren met rekenen,' legt Leentje uit.
'Hoe weet jij dat nou?' Van verbazing prikt Simone naast haar patatje.
Alle ogen zijn op Leentje gericht.
'Ik eh... vanmorgen heb ik even met hem gepraat.' Leentje voelt dat ze bloost. Daarom neemt ze vlug een slok van haar cola.
'Volgens mij ben jij verliefd op Paul,' treitert Simone. 'Ja, ik zag jullie wel in de pauze. Lekker zoenen in het fietsenhok, hè?'
Leentje voelt zich dood-ongelukkig. Ze heeft gelijk geen trek meer. Hulpeloos kijkt ze naar Annemiek. Die stopt net een stuk kip in haar mond.
'Je hoeft je heus niet te schamen, hoor,' verkondigt Annemiek met volle mond. 'Je mag verliefd zijn op wie je wilt, zelfs op een eikel. Wat zeg jij, schattebout?' En ze kietelt Jeroen in zijn nek.
'Ik bén helemaal niet verliefd,' protesteert Leentje. 'Ik mag

toch wel met iemand praten?'
'Natuurlijk wel,' antwoordt Simone. Met haar laatste patatje schraapt ze de mayonaise van haar bord. 'Dan praat er tenminste nog íemand tegen hem. Volgens mij is-ie op die andere school weggepest.'
Woedend smijt Leentje haar mes en vork neer. 'Hij is helemaal niet weggepest. Hij...'
Geschrokken houdt ze haar mond. Nou had ze het bijna verteld. Zenuwachtig pakt ze haar mes en vork weer op. Ze wil over iets anders beginnen, maar daar trapt Simone niet in.
'Nou, vertel op!' dringt ze aan.
'Hij is er uit zichzelf afgegaan,' verzint Leentje gauw.
'Uit zichzelf?' roept Annemiek overmoedig. 'Nou jongens, dat wordt lachen. Dan zullen wij er wel eens even voor zorgen dat die eikel ook uit zichzelf uit onze klas gaat.' Ze schenkt haar glas vol cola, zo wild dat het schuim er overheen loopt.
Iedereen begint te lachen. Iedereen behalve Leentje. Woedend kijkt ze haar vriendin aan. Waarom moet Annemiek zich altijd zo uitsloven als er anderen bij zijn? Als Annemiek Leentjes boze gezicht ziet, beseft ze dat ze te ver is gegaan.
'Sorry Leen, het was maar een grapje.'
Op dat moment gaat de kamerdeur open. De vader van Annemiek zet een grote slagroomtaart op tafel. Er steken elf kaarsjes uit omhoog. Meteen begint iedereen voor Annemiek te zingen.
Annemiek kijkt verlegen naar haar bord.
'Moet je d'r nou zien, die uitsloofster,' denkt Leentje als ze Annemiek aan haar trui ziet prutsen. En dan vindt ze haar vriendin toch weer lief.

## *De bibliotheek*

Het is al laat als Leentje thuiskomt. Haar moeder zit op haar te wachten.

'Waar kom je vandaan? Je was allang weg bij Annemiek, ik heb nog opgebeld.'

'Nog even staan kletsen,' verontschuldigt Leentje zich.

En dat was ook zo. Annemiek was tot de brug met haar mee gefietst. Daar hebben ze nog een poosje staan praten. Eigenlijk wilde Leentje alles aan Annemiek vertellen. Maar ze stelde het steeds uit en daardoor werd het hoe langer hoe later. Tot ze uiteindelijk toch met haar geheim naar huis is gefietst. Bang dat haar vriendin er misschien niets van zou begrijpen.

Zonder moeder aan te kijken hangt ze haar jas aan de kapstok, pakt een appel van de schaal en ploft op de bank neer.

Moeder gaat naast haar zitten.

'Heb je het fijn gehad?'

'Hartstikke.' Leentje vertelt enthousiast van de propvolle auto en het midgetgolf-park. Als ze uitverteld is, pakt ze haar moeders hand.

'Ik wou dat jij ook kon autorijden. Dan konden we samen een paar dagen weg, naar Parijs of zo. Daar wil papa toch nooit heen.'

Verbaasd kijkt haar moeder haar aan.

'En vanmorgen moest ik nog een baan van je zoeken? Nou, dan heb ik echt geen tijd om zomaar een paar dagen naar Parijs te gaan.'

'Natuurlijk wel! Dan neem je toch gewoon een paar dagen

vrij? Doet de moeder van Annemiek ook zo vaak. In de paasvakantie gaan ze samen naar Antwerpen.'
'Wie weet wat wij allemaal nog gaan doen...' Leentjes moeder zucht even.
Verrast kijkt Leentje naar moeder.
'Hoe bedoel je? Neem je rijles?'
'Wie weet. Ik eh... ik heb nagedacht over wat jij vanmorgen zei.'
'En?'
Moeder kijkt naar de grond. 'Misschien heb je wel gelijk dat ik een baan moet zoeken. Het is veel te saai, de hele dag thuis. En clubjes zijn niks voor mij. Maar ik heb al zolang niet meer gewerkt, ik zou niet weten wat ik moest gaan doen.'

'En vroeger dan? Toen je nog niet getrouwd was, werkte je toch ook?'
Moeder knikt.
'Ik werkte in een bibliotheek,' vertelt ze en haar ogen beginnen te glimmen.
'Vertel!' zegt Leentje en ze kruipt tegen haar moeder aan.
'Wat moet ik daar nou over vertellen?' lacht moeder.
'Gewoon, of je het leuk vond.'
'Nou en of. Kinderen helpen een boek uitzoeken, dat vond ik toch zo fijn. Je weet, ik hou nou eenmaal van boeken. En ik vond het een uitdaging om kinderen die moeite met lezen hebben toch enthousiast te krijgen.'
'En lukte dat?' vraagt Leentje nieuwsgierig. Ze buigt zich voorover en mikt haar klokhuis in de prullenmand.
Moeder glimlacht.
'Soms wel. Ik weet nog precies hoe dat met Gijs ging. Gijs kwam altijd met zijn grote zus mee, die verslond boeken. Maar Gijs moest er niks van weten. Hij bleef bij de deur staan wachten tot zijn zus klaar was. En als ik vroeg of hij ook een boek wilde lenen, zei hij: "Nee mevrouw, ik hou niet van lezen." Maar op een dag heb ik hem toch zover gekregen dat hij een boek probeerde. Een heel spannend boek met veel plaatjes.'
'Hoe heb je dat voor elkaar gekregen?' vraagt Leentje.
'Dat vertel ik wel een andere keer. Je moet nu naar bed, het is half tien.' En moeder staat op om een beker warme melk voor Leentje te maken. Leentje moet altijd iets warms drinken voor het slapengaan.
'Toe mam, vertel nou,' dringt Leentje aan.
'Nou, op een dag toen Gijs weer eens in de bibliotheek kwam, zei ik: "Gijs, zou jij iets voor me willen doen? Ik heb een neefje die net zo oud is als jij. Volgende week is hij jarig en ik wil hem een boek geven. Maar hij houdt alleen van spannende boeken. Zou jij dit boek voor mij willen lezen om te kijken of het echt spannend is?"

"Goed mevrouw," antwoordde Gijs en hij nam het boek mee.'

'En toen?' Leentje wipt ongeduldig op de bank.

Lachend vertelt moeder verder: 'Twee dagen later stond hij al voor mijn neus, zonder zijn zus. Hij legde het boek voor me op tafel. "U moet het kopen, mevrouw, het is knoertespannend!" En toen nam hij weer een boek mee, voor zichzelf. Zo is Gijs toch nog een echte lezer geworden. Leuk, hè?'

'Waarom ben je daar eigenlijk weggegaan?'

'Omdat ik ging trouwen en toen...'

'Heb je toen je baan opgezegd?' valt Leentje moeder in de rede.

'Ja. In het begin heb ik mijn werk wel erg gemist,' geeft moeder toe. 'Tot ik jou kreeg.'

Leentje legt haar hoofd op moeders schouder. 'Maar nou ben ik groot. Ik ga volgend jaar al naar de brugklas! Ga toch weer werken, mam.'

'Jij denkt zeker dat de banen voor het opscheppen liggen. Dacht je dat ze op mij zaten te wachten?'

'Je kan het toch proberen?'

'Ik weet het niet.' Moeder plukt aan haar haar. 'Wat zou papa ervan vinden? Die weet niet beter of ik ben altijd thuis.'

'Dat is een smoes,' protesteert Leentje. 'Papa zou het hartstikke leuk vinden, dat weet je best. Hij heeft zo vaak gezegd dat je weer iets moet gaan doen. Nou, doe dat dan!'

Uitdagend kijkt ze haar moeder aan. Maar die zegt niks.

'Ik vind je hartstikke stom als je het niet doet... ik vind het...' begint Leentje geërgerd.

'Leentje, hou er nu over op!' zegt haar moeder scherp. 'Ik heb er vanavond heus wel over nagedacht.'

'Was je dan alleen?' vraagt Leentje. 'Is papa niet thuis geweest?'

Moeder schudt haar hoofd. 'Het schijnt zo druk te zijn op de zaak...'

'Heb jij hier de hele avond in je eentje gezeten...?' Geschrokken kijkt Leentje moeder aan. De woorden van Paul gonzen door haar hoofd. 'Mijn moeder kon er niet tegen, die is nu bij mijn tante in huis...' Ze voelt de tranen in haar ogen prikken. 'Had mij dan opgebeld, dan was ik naar huis gekomen.' Ze slaat twee armen om haar moeder heen. 'Je moet bellen, hoor!'

Moeder kijkt Leentje verbaasd aan. Ze begrijpt niets van deze plotselinge uitbarsting. Maar ze vraagt niks. Zachtjes streelt ze Leentje door haar haar. Zo zitten ze een tijdje, zonder te praten.

Als er een auto voor de deur stopt, springt haar moeder op. 'Daar zal je papa hebben. Ik ga gauw een biefstukje voor hem bakken,' en ze verdwijnt de keuken in.

Verdrietig kijkt Leentje haar na. 'Doe dat... doe dat vooral,' gaat het door haar heen. Als ze een sleutel in het slot hoort, vliegt ze overeind. 'Welterusten mam!'

En voordat haar vader binnenkomt, glipt ze naar haar kamer.

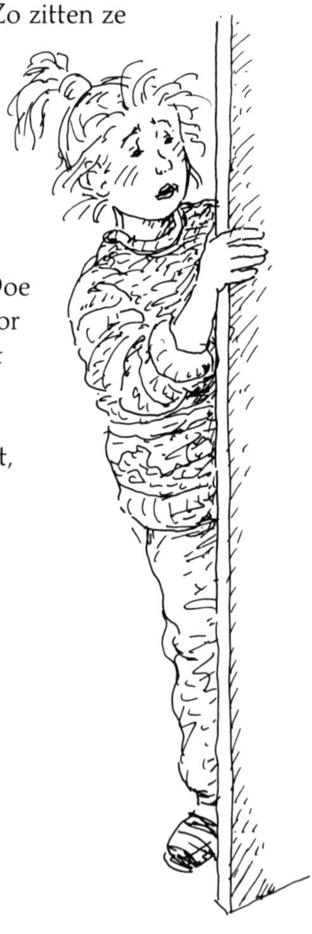

# *De beschuldiging*

Annemiek doet raar de laatste tijd. Eigenlijk is het na het etentje begonnen, met dat gezeur over Paul. Sindsdien staat Annemiek elke pauze met de anderen te smoezen en zodra Leentje eraan komt, houden ze hun mond dicht.
Leentje weet niet wat Annemiek mankeert. Gistermiddag zouden ze samen de stad ingaan en toen de school uitging, zei ze opeens dat ze niet kon. Ze had zogenaamd iets heel belangrijks, maar ze vertelde niet wat. En Leentje wilde het ook niet vragen. Ze keek wel uit, zeker met Simone erbij. Dat kreng stookt de hele klas tegen Paul op. Doet Annemiek soms zo gek tegen haar omdat zij Paul wel mag?
Nou zeg, dat zou helemaal mooi worden. Mag ze misschien zelf uitmaken of ze iemand aardig vindt of niet? Dat Annemiek zo stom is om achter die kattekop van een Simone aan te lopen, zij niet.
Opstandig propt ze haar brood in haar tas. Haar moeder zet een glas sinaasappelsap voor haar neer.
'Drink maar lekker op, je ziet de laatste tijd zo witjes.'
Help, nou dat gezeur nog! Het liefst zou Leentje gaan gillen. Maar als ze de bezorgde ogen van haar moeder ziet, schiet ze in de lach.
'Je kijkt naar me of ik elk moment dood kan gaan. Maar ik wou nog even wachten tot het voorjaar. Als alles in bloei staat, vind ik begrafenissen veel mooier.'
Haar moeder kan er niet om lachen. Zulke grapjes vindt ze niet leuk. Toch zegt ze er niks van. Ze weet dat haar bezorgdheid Leentje ergert. Maar als Leentje haar jas aantrekt kan ze het niet laten.

'Doe alsjeblieft een das om. Het lijkt wel mooi buiten, maar zolang de R in de maand zit moet je voorzichtig zijn. Je hebt zo een verkoudheid te pakken.'
'Alleen een verkoudheid?' plaagt Leentje. 'Een dubbele longontsteking lijkt me veel spannender. Moet ik naar het ziekenhuis, kom jij ook nog 's ergens!' Lachend drukt ze een zoen op moeders wang en holt weg.

Als Leentje de klas inkomt, staat meester Niels zinnen op het bord te schrijven. Hij kijkt niet eens op. Ook niet als Leentje goeiemorgen zegt.
'Zeker met zijn verkeerde been uit bed gestapt,' denkt Leentje.
Zodra de bel gaat, kijkt de meester met een chagrijnig gezicht de klas in.
'Op jullie plaatsen en taalschrift voor je. Iedereen schrijft dit dictee twee keer over. Bestudeer de moeilijke woorden goed, want straks overhoor ik het dictee voor een cijfer.'
Annemiek steekt haar vinger op. Maar Niels wuift hem weg. 'Er wordt niks gevraagd, er wordt alleen gewerkt.'
Niemand durft iets te zeggen. Meester Niels is bijna nooit zo. Maar áls hij zo'n bui heeft, kun je beter je mond houden.
De hele klas is hard aan het werk, ook Leentje. Het is akelig stil. De meester ijsbeert tussen de tafels door.
Na een tijdje legt Leentje haar pen neer, ze is klaar. Als ze de klas rondkijkt, ziet ze dat de plaats van Paul leeg is. Zou hij ziek zijn?
'Allemaal schriften opbergen!' dondert Niels. Met een klap slaat hij het bord dicht en deelt de blaadjes uit. Daarna begint hij te dicteren. Maar hij doet dat zo snel, dat zelfs Leentje het niet bij kan houden. Terwijl die toch heel goed in taal is. Sommige kinderen beginnen zenuwachtig te zuchten. Maar daar trekt Niels zich niets van aan. Onverstoorbaar dicteert hij verder.
'Ziezo,' begint hij als hij de blaadjes heeft opgehaald. 'Nu

zou ik wel eens willen weten wie van jullie gisteren die ontzettend leuke grap heeft bedacht.'
Afwachtend kijkt hij de klas rond. Leentje vraagt zich af wat hij bedoelt. Als Niels haar verbaasde gezicht ziet, legt hij uit: 'Gisteren hebben een stelletje lafaards uit deze klas Paul bij het kanaal opgewacht en hem van zijn fiets gesleurd. De hele middag hebben ze hem daar vastgehouden. En toen ze hem eindelijk vrijlieten, waren zijn fietsbanden doorgesneden en was zijn tas leeggegooid in het kanaal.'
'Wat een vuile rotstreek!' denkt Leentje. 'Wie doet er nou zoiets!' Zou Annemiek er soms iets mee te maken hebben? Kon ze daarom gisteren niet met haar de stad in? Leentje kijkt over haar schouder. Annemiek zit met een rood hoofd voor zich uit te staren.
'Nou?' dringt Niels aan. 'Komt er nog wat van?'
Hij kijkt demonstratief op zijn horloge. 'De verloren tijd wordt na schooltijd ingehaald!' Hij gaat met zijn armen over elkaar achter zijn tafel zitten.
Aarzelend gaat de vinger van Simone omhoog.
'We hebben het met zijn allen gedaan, meester.'
'Wie is met zijn allen?'
Langzaam steken er nog vier anderen hun vinger op: Jeroen, Annemiek, Jasmijn en Merel.
Het blijft even stil. Dan schuift de meester met een ruk zijn stoel naar achteren en valt uit: 'Vinden jullie dat zelf niet een beetje laf, met zijn vijven tegen één?' En hij kijkt de vijf doordringend aan.
'Het is zijn eigen schuld. Moet hij maar niet pikken!' zegt Simone fel.
Meester Niels verschiet van kleur. 'Wát zeg je daar, Simone?' In twee stappen staat hij naast haar.
Simone stoot Annemiek aan. 'Vertel dan!'
'Ziet u...' begint Annemiek, 'ik had toch een walkman voor mijn verjaardag gekregen? Nou, die had Paul gepikt.'
'Wie zegt dat Paul dat gedaan heeft?' vraagt Niels scherp.

'Ik,' zegt Simone beslist. 'Ik zag gisteren zelf dat hij de klas inging toen wij buiten speelden. En toen we weer binnenkwamen, was Annemiek haar walkman kwijt.'
'Is dat zo, Annemiek?' Meester kijkt haar strak aan.
Annemiek knikt.
'Waarom ben je dan niet naar mij toe gekomen?'
Annemiek haalt haar schouders op. 'Nou, gewoon. We wilden het eerst zeker weten. Daarom hebben we hem tegengehouden en moest hij zijn tas openmaken.'
'En toen?'
Annemiek houdt haar walkman omhoog. 'Hij zat in Paul zijn tas.'
Niels wrijft een paar keer over zijn hoofd. 'Dat is heel vervelend. Toch wil ik eerst het verhaal van Paul horen, eerder kan ik er niks over zeggen. Morgen komt Paul weer op school, dan zal ik het hem vragen.'

'Die vuile dief hoeft hier niet meer in de klas te komen,' schreeuwt Simone. 'Daarom hebben ze hem natuurlijk op die andere school weggepest.'
'Vind je het gek?' zegt Jeroen. 'Wie wil er nou een dief in de klas hebben?'
'Van mij mag-ie voorgoed wegblijven!' roept Annemiek.
'Van mij ook!' vallen anderen haar bij.
Niels slaat met zijn vuist op tafel. Meteen is iedereen stil. 'Ik wil er niks meer over horen! Ik wil eerst het verhaal van Paul zelf gehoord hebben. Maar wat jullie gedaan hebben, met zijn vijven iemand te grazen nemen, is ronduit misselijk! Mocht er ooit weer zoiets gebeuren, dan kom je naar mij toe, begrepen?' En hij kijkt Annemiek aan.
'Ja meester,' belooft Annemiek.
'Afgesproken.' Niels kijkt op zijn horloge. 'Nog twintig minuten. Kunnen we mooi nog even de plaatsen voor het proefwerk van maandag repeteren.' Hij laat de kaart van Azië zakken.
Iedereen volgt aandachtig de punt van de aanwijsstok. Alleen Leentje niet. Die moet steeds aan Paul denken. Wat zal die zich rot voelen. Hij durft morgen vast niet naar school. Vreselijk, als de hele klas denkt dat je een dief bent. Gek is dat, eigenlijk gelooft ze er niks van. Toch zat die walkman in zijn tas. Hoe kan dat dan? En dan neemt Leentje een besluit: vanmiddag na schooltijd gaat ze naar Paul toe.

# *Het plan*

Zodra de bel gaat, glipt Leentje de school uit. Op de hoek van de straat kijkt ze achterom. Gelukkig, niemand te zien. Opgelucht slaat ze de hoek om. Het gaat de anderen niks aan waar zij naar toe gaat. Ze heeft het alleen aan Niels verteld. Dat kon niet anders, want ze moest van hem weten waar Paul woont. Ze loopt de straat uit en steekt het zebrapad over.
Aan de overkant ziet ze de boekwinkel al. Ook toevallig, daar heeft ze pas dat boekje voor Annemiek gekocht. Maar toen wist ze nog niet dat die aardige man de opa van Paul was. Ze kijkt omhoog naar de ramen boven de boekwinkel. Daar woont Paul, achter die blauwe gordijnen.
Aarzelend blijft ze voor de etalage staan. Opeens weet ze niet meer zo zeker of het wel een goed idee is. Misschien is Paul wel woedend op de hele klas en wil hij haar helemaal niet zien. Ze gluurt door de winkelruit. Meneer Los staat gebukt over een doos boeken. Verder is er niemand in de winkel.
'Nou, vooruit!' Leentje telt tot drie, haalt diep adem en stapt de winkel in.
Meneer Los kijkt op. Hij glimlacht als hij haar herkent.
'En, hoe vond je vriendin het boekje?' vraagt hij vriendelijk.
'Hartstikke leuk.' Verlegen blijft Leentje voor de toonbank staan. 'Ik eh... ik kom voor Paul.'
'Nou meid, kom maar mee.' Meneer Los doet een deur open. 'Zie je die rode deur boven aan de trap? Ga daar maar naar binnen, daar is hij vast.'
Zachtjes loopt Leentje naar boven. Voor de rode deur blijft

ze staan luisteren. Ze hoort niks. Ze klopt op de deur.
'Ja,' hoort ze roepen. Ze doet de deur een kiertje open. Als ze haar hoofd om de deur steekt, ziet ze Paul aan tafel zitten, hij tekent. Maar wat is er met zijn gezicht gebeurd? Zijn voorhoofd zit vol schrammen en builen, dwars over zijn wang loopt een vuurrode krab en zijn linkeroog is gezwollen. Als Paul Leentjes verschrikte gezicht ziet, draait hij gauw zijn hoofd weg.
'Hoi,' mompelt hij verlegen.
'Ze hebben je wel te pakken gehad, zeg! Doet het erg zeer?' vraagt Leentje voorzichtig.
'Gaat wel, ik ben tegen een boom geklapt toen ze me van mijn fiets sleurden.'
'En die krab, hoe kom je daar dan aan?'
'Dat heeft die meid met dat korte blonde haar gedaan. Ik weet niet meer hoe die trut heet.'
'Simone.'
Paul knikt. 'Ik geloof van wel.'
'Jeminee!' Beduusd gaat Leentje bij Paul aan tafel zitten. Ze ziet het voor zich, hoe Simone met haar lange scherpe nagels het gezicht van Paul openkrabt. Brrr.
Paul staat op. 'Wil je iets drinken?'
'Ja lekker.'
Leentje kijkt de kamer rond. Het ziet er gezellig uit. Overal staan planten en langs de muur is een terrarium getimmerd. Leentje loopt er naartoe. Ze ziet een hagedis wegschieten. Op haar knieën tuurt ze of ze nog meer diertjes kan ontdekken. Ze is zo ingespannen aan het kijken, dat ze Paul niet eens binnen hoort komen. Pas als hij een glas cola naast haar neerzet, merkt ze hem op.
'Er is één heel bijzondere hagedis bij. Even kijken waar-ie zit.' Paul gaat op zijn hurken naast haar zitten. 'Ja, daar heb je 'm!' En hij wijst tussen de planten.
'O, wat een prachtbeest. Die lijkt wel lichtgevend!' Leentje neemt een slok van haar cola. Nou moet ze toch zeggen

waarvoor ze gekomen is. Verlegen plukt ze aan het gaas.
'Ik eh... ik wou je iets vragen...' begint ze.
'Vraag gerust.'
'Ik eh... op school hoorde ik van die walkman, enne...'
'Ik weet al wat je wilt vragen!' valt Paul haar in de rede. 'Ik heb die walkman niet gepikt.'
'Maar hij zat toch in jouw tas?' vraagt Leentje.
Paul bijt op zijn lip. 'Kan ik er wat aan doen dat dat rotding in mijn tas zat!' Hij gaat voor het raam staan met zijn rug naar Leentje toe.
Leentje weet niet zo goed wat ze moet zeggen. 'Het zou toch gekund hebben dat jij...'
Met een ruk draait Paul zich om. Er staan tranen in zijn ogen.
'Als je me niet gelooft, donder je maar op!' schreeuwt hij.
Meteen heeft Leentje spijt van haar gevraag. Ze weet best

dat Paul zoiets nooit zou doen. Ze loopt naar hem toe. 'Sorry Paul, ik geloof je heus wel.'
Droevig kijkt Paul voor zich uit. 'Ik ga niet meer terug naar die rotschool.'
'Natuurlijk wel, dat mochten ze willen. Dan zijn ze overal vanaf. Maar zo is het niet. Als jij die walkman niet in je tas gestopt hebt, moet iemand anders dat gedaan hebben. En wij zullen erachter komen wie dat is.'
Paul zucht. Hij steekt zijn vinger door de spijltjes van een kooi die onder de vensterbank staat. Gelijk begint er een beestje aan te sabbelen.
'Is dat ratje van jou?'
'Nee, Kareltje is van mijn opa. Het is een woestijnratje. Hij is hartstikke tam. Moet je zien.' Paul maakt de kooi open en haalt het ratje eruit.
Griezelend ziet Leentje hoe Kareltje onder Pauls trui omhoog kruipt. Voorzichtig pakt Paul Kareltje uit zijn nek en streelt zijn kopje.
'Weet je wat ik mij al die tijd afvraag? Hoe wisten ze nou dat die walkman in mijn tas zat?'
'Van Simone,' vertelt Leentje. 'Simone had jou in de pauze die klas in zien gaan.'
Paul kijkt haar verbaasd aan. 'Mij...? Ik ben de hele pauze niet binnen geweest.'
'Dan heeft ze dus gelogen,' zegt Leentje. 'Maar hoe kon ze dat van die walkman dan weten?'
'Precies, daar denk ik nou de hele tijd al aan. Dat kon ze alleen weten als ze hem zelf in mijn tas heeft gestopt.'
'Wat?' Leentje zet vol ongeloof haar glas neer. 'Je hebt gelijk, het kan niet anders. Simone heeft die walkman in jouw tas gestopt. Maar nu moeten we het nog bewijzen.'
'We zullen die rotmeid in de val laten lopen,' zegt Paul beslist. Hij plukt Kareltje onder de bank vandaan en gaat zitten. 'Kareltje, help jij eens. Hoe kunnen wij die Simone erin laten lopen?'

Het is een tijdje stil in de kamer. Opeens springt Leentje op. 'Ik weet wat!' roept ze blij. 'Als ik nou morgen in de pauze mijn portemonnee op tafel laat liggen en ik zorg ervoor dat Simone dat te weten komt? Zou ze die portemonnee dan ook in jouw tas stoppen?'
'Zo stom is ze wel,' zegt Paul. 'Vooral als ik morgen beweer dat ik niks van die walkman afweet.'
'Dan moeten we haar alleen nog betrappen.' Opgewonden ploft Leentje naast Paul op de bank. Om beter te kunnen nadenken knijpt ze haar ogen dicht. Opeens voelt ze iets harigs in haar nek. Met een gil schiet ze overeind.

Lachend pakt Paul Kareltje uit haar nek.
Leentje schaamt zich een beetje. 'Sorry, ik ben nog niet aan hem gewend,' zegt ze verontschuldigend.
'Je brengt me anders wel op een idee!' Paul glundert helemaal. 'Als ik morgen Kareltje nou eens in mijn tas stop en meeneem naar school. Als Simone dan mijn tas openmaakt, springt hij eruit. Wat zal ze schrikken...'

'Schrikken...? Simone is al doodsbang voor een hamster. Die krijst de hele school bij elkaar,' voorspelt Leentje.
Vergenoegd zet Paul Kareltje op zijn hand. 'Kunnen ze mooi allemaal zien wat een rotmeid het is, hè Kareltje? Wil jij dat wel: Simone aan het schrikken maken?' En hij kriebelt Kareltje onder zijn kin. Kareltje piept.
'Zie je wel, hij wil het!' juicht Leentje.
Paul drukt een kusje op Kareltjes neus. 'Je bent een superratje! Maar nu ga je weer in je kooitje. Kun je lekker uitrusten, want morgen wordt het een spannende dag!'
Leentje kijkt op haar horloge. 'Help, half vijf! Ik moet naar huis, mijn moeder weet niet waar ik blijf.'
'Moeten we niks afspreken?' vraagt Paul.
'Ik kom je morgenochtend wel halen,' stelt Leentje voor. 'Dan praten we ons plannetje helemaal door, goed?'
'Oké!' Paul loopt voor Leentje uit de trap af.
'Zo meid, ga je er weer vandoor?' vraagt meneer Los.
'Ja, maar morgenochtend kom ik Paul ophalen.'
'En Kareltje,' flapt Paul er per ongeluk uit.
'Kareltje? Gaat Kareltje ook mee naar school?'
'Kareltje gaat voor detective spelen,' zegt Paul met een geheimzinnig gezicht.
'Nou, ik zal maar niet verder vragen. Als jullie maar goed op hem passen.' En lachend stapt meneer Los op een klant af.

# *Meneer Los*

'Wat een lieve opa heeft Paul,' denkt Leentje als ze de deur van de boekwinkel achter zich dichttrekt. Ze draait zich om, zwaait en loopt de straat uit. Om de hoek ziet ze opeens Annemiek en Simone de videotheek uitkomen. Help, die wil ze nu niet zien. Ze schiet de eerste de beste portiek in. Daar houdt ze zich net zolang verstopt tot ze hen giechelend langs hoort lopen. Pas dan durft ze te voorschijn te komen.

In gedachten verzonken loopt ze de straat uit. Ze wil oversteken, maar op de rand van de stoep blijft ze opeens stokstijf staan. Ze staat op precies dezelfde plek als die ene keer. Door die zogenaamde diefstal van Paul had ze er een tijdje niet meer aan gedacht. Maar nu ziet ze het weer voor zich. In haar verbeelding ziet ze de twee hoofden in de auto dicht bij elkaar... En opeens wordt ze vreselijk bang. Stel je voor dat haar vader echt weggaat?

In een flits ziet ze zichzelf samen met haar vader naar de film gaan. En 's morgens joggen in het bos als iedereen nog slaapt. En hoe moet het dan met haar verjaardag? Dan kruipt ze 's morgens vroeg altijd tussen haar vader en moeder in voor ze haar cadeau krijgt! Moet ze dat dan allemaal missen? Nee, dat mag niet! Dat kan niet!

Ze staat als in trance op de stoeprand, terwijl iedereen haastig langs haar loopt. Sommigen botsen zelfs tegen haar op, maar dat merkt ze niet eens. Ze begint te beven van woede en machteloosheid, maar vooral van angst. Angst om op een dag thuis te komen en te horen dat haar vader weggaat!

Alles om haar heen begint te draaien. In gedachten ziet ze zichzelf al bij die vreemde vrouw naar binnen gaan om haar vader te bezoeken.
'Nee, nee! Dat doe ik niet!' roept ze en paniekerig draait ze zich om en rent terug naar de boekwinkel.
Ze blijft hijgend in de deuropening staan.
Meneer Los ziet onmiddellijk dat er iets met haar aan de hand is. Hij loopt naar haar toe, neemt haar mee de winkel in en duwt haar zachtjes in de makkelijke stoel die bij de toonbank staat. Dan gaat hij naast haar op de armleuning zitten en slaat een arm om haar heen. Nu kan Leentje zich niet langer goedhouden. Ze barst in tranen uit. Om wat ze vorige week gezien heeft, om haar moeder die van niks weet en elke dag vol vertrouwen haar vader uitzwaait, om haar vertrouwde wereld die nu in stukken ligt...
Meneer Los laat haar rustig uithuilen. Af en toe strijkt hij over haar rug en door haar haar. Gelukkig vraagt hij niks.
'Sorry meneer,' zegt Leentje als ze wat rustiger is. 'Ik... ikke ...' Wat moet ze zeggen? Erover praten durft ze niet, en ze wil ook geen smoes verzinnen tegen de opa van Paul. Hulpeloos kijkt ze naar hem.
'Laat maar meisje, je hoeft me niks te vertellen. Maar als je hulp nodig hebt, dan weet je mij te vinden, goed?'
Meneer Los steekt zijn hand uit.
'Dank u wel, meneer.' Leentje geeft hem een hand en loopt de winkel uit.

## *Simone*

Paul pakt Kareltje in zijn nekvel.
'Hup, in de tas jij! En denk erom, geen grapjes. Je houdt je muisstil in de klas.'
Leentje schiet in de lach.
'Is dat niet veel te moeilijk voor een ratje?'
'Misschien voor een gewoon ratje, maar niet voor Kareltje. Die is vorig jaar glansrijk geslaagd voor zijn muizediploma, hè Kareltje?' Paul streelt het kopje van Kareltje en knoopt de rugtas dicht.
Uitgelaten lopen ze de boekwinkel uit. Onderweg bespreken ze nog één keer uitvoerig hun plannetje. Naarmate ze dichter bij school komen, stijgt de spanning. Af en toe knijpen ze in elkaars hand. Vlak voor ze de hoek omgaan, houdt Leentje haar rode portemonnee uitdagend in de lucht.
'Kijk eens, Simone, wat Leentje hier een schattig portemonneetje voor jou heeft? Stop maar lekker in Paul zijn tas. Daar zit een cadeautje voor jou in...'
'Ssst...' sist Paul. Hij wenkt naar een meisje dat vlak achter hen loopt.
'Die zit helemaal niet op onze school,' fluistert Leentje.
Voor de zekerheid trekt Paul Leentje aan haar arm naar de overkant.
'Misschien is ze een spionne van Simone.'
'Jij hebt te veel detectives gelezen,' giechelt Leentje.
Toch stopt ze haar portemonnee in haar zak terug. Paul heeft gelijk, met Simone weet je het maar nooit.
Halverwege de straat stoot Leentje Paul aan. Het meisje

dat achter hen had gelopen stapt in de bus. Geen spionne dus.
Als ze het schoolplein oplopen, staat de meester Paul al op te wachten. 'Kom jij even mee, Paul?'
Zodra die twee in de school verdwijnen, barst het geroddel los.
Voldaan wrijft Jeroen in zijn handen. 'Die zien we niet meer terug, jongens!'
'Denk je dat?' vraagt Annemiek verheugd.
'Wat dacht jij nou, zo'n vuile dief trappen ze geheid van school,' voorspelt Maarten.
'Als dat zo is, trakteer ik op ijs!' belooft Simone.
'Wacht maar,' denkt Leentje. 'Eerst trakteren wij jou nog op iets leuks.' En ze voelt of de portemonnee nog in haar broekzak zit.
Pas als de bel allang is gegaan, komt meester Niels met Paul het lokaal binnen. Met een ernstig gezicht kijkt hij de klas in. 'Ga jij maar op je plaats zitten, Paul!'
Niels schraapt een paar keer zijn keel.
'Ik heb met Paul gesproken, maar Paul zegt dat hij die walkman niet heeft gestolen.'
'Hij kan wel zoveel vertellen,' protesteert Simone. 'Die walkman zat anders wel mooi in zijn rugtas. Of denkt u soms dat wij gisteren hebben zitten liegen?'
'Voorlopig denk ik nog helemaal niks,' antwoordt de meester kalm.
'Lekker makkelijk,' raast Simone. 'Je pikt een walkman en dan zeg je gewoon dat je het niet hebt gedaan. Dan ben je overal vanaf.'
Woedend vliegt Paul overeind. Het liefst zou hij Simone een klap in haar gezicht geven, maar Leentje geeft hem onder tafel een schop.
Annemiek steekt haar vinger op. 'Wat gaat er nu gebeuren, meester?'
'Voorlopig niks. Eerst wil ik het een en ander voor mezelf

op een rijtje zetten.' Niels pakt een krijtje van zijn tafel en gaat voor het bord staan. 'Allemaal taalschrift voor je.'
Een paar minuten later is iedereen aan het werk, behalve Paul. Met een benauwd gezicht gluurt hij naar Leentje en wenkt naar zijn rugtas. Meteen duikt Leentje onder de tafel. Nu ziet ze het ook: de rugtas van Paul beweegt zachtjes. Leentje gebaart Paul dat hij zijn vinger in de rugtas moet stoppen om Kareltje rustig te maken. Paul snapt meteen wat ze bedoelt.
Als niemand kijkt, steekt hij zijn vinger in zijn tas. Hemel, daar wordt Kareltje niet rustig van. Hij piept juist! Razendsnel trekt Paul zijn vinger terug. Geschrokken kijkt hij naar Leentje. Zou Niels het gehoord hebben? Van de zenuwen schieten ze bijna in de lach. Niels kijkt even op van zijn werk, maar als hij ziet dat iedereen bezig is, gaat hij verder met nakijken. Gelukkig heeft verder niemand iets gemerkt.
Meester Niels loopt langs de rijen. Bij de tafel van Paul blijft hij staan, zijn schoen vlak bij Kareltje...
Leentje krijgt het er warm van. 'Hou je stil, Kareltje... hou je alsjeblieft stil...'
Op zijn dooie gemak pakt de meester Pauls schrift en begint erin te bladeren. 'Is dit alles wat je tot nu toe gedaan hebt?'
Paul knikt.
'Dan zou ik maar opschieten als ik jou was.' En Niels legt het schrift terug en loopt weg.
Leentje haalt opgelucht adem.

Eindelijk is het pauze. Leentje vliegt van haar stoel.
Ze moet ervoor zorgen dat ze gelijk met Simone de klas uitgaat.
'Zullen we kleuren-overlopertje doen?' stelt Simone voor.
'Wacht even.' Leentje haalt de rode portemonnee uit haar broekzak. 'Die leg ik even in de klas, anders verlies ik hem misschien.'

Simone wijst naar Paul. 'Als hij hem dan maar niet pikt.'
'Dan weten we tenminste zeker dat-ie een dief is, hoeft er ook niks meer uitgezocht te worden.' Leentje draait zich om en loopt naar de klas terug. Midden op haar tafel legt ze de portemonnee neer. En dan holt ze naar buiten en gaat net als anders bij Annemiek staan. Onafgebroken kijkt ze naar Paul, want die zou Simone in de gaten houden.
Opeens steekt Paul zijn duim omhoog. Dat betekent dat Simone naar binnen is.
In een wip trommelt Leentje zoveel mogelijk klasgenoten op. 'Wie iets heel spannends wil zien, moet mij volgen. Maar denk erom, stil in de gang. Niemand mag ons horen.'
En met de halve klas achter zich aan sluipt ze door de gang. Nieuwsgierig blijven ze bij de deur van de klas staan. Dan kijken ze vragend naar Leentje. Die legt geheimzinnig een vinger op haar mond. Ingespannen luistert ze aan de deur. Ze hoort geschuifel en geritsel. Allerlei gedachten schieten door haar heen. Wat zou Simone nu doen? Als ze die tas maar openmaakt. Waarom duurt het zo lang? En dan klinkt er opeens heel hard gekrijs uit de klas. 'Hèèèèèèlp...!'
Leentje gooit de deur open en kijkt naar binnen. Tien paar ogen kijken over haar schouder mee. Daar staat Simone: spierwit, boven op de stoel van Paul, met de rode portemonnee in haar hand.
'Help! Een rat...' gilt ze. En ze wijst naar de kast.
Verschrikt komt meester Niels aangehold. 'Wat is hier aan de hand?'
'Dáár...!' krijst Simone.
Dan stapt Paul de klas binnen. Triomfantelijk haalt hij Kareltje onder de kast vandaan. Hij kan het niet laten om hem nog even vlak bij Simone te houden. 'Bedoel je Kareltje?' vraagt hij pesterig.
'Ga weg! Ga weg met dat enge beest!' gilt Simone.
Stomverbaasd kijkt de meester naar Kareltje. 'Waar komt die vandaan?'

'Uit mijn tas, meneer. Simone moet mijn tas opengemaakt hebben, anders kan-ie niet ontsnapt zijn.'
Voordat Simone iets kan zeggen, stapt Leentje op haar af. 'Wat doe jij eigenlijk met mijn portemonnee?'
Op slag zijn alle ogen op Simone gericht. Wanhopig kijkt ze de klas in. 'Ik... ik...' en dan begint ze te huilen.
Maar Leentje laat zich niet van haar stuk brengen.
'Kan het soms zijn dat jij die portemonnee in de tas van Paul wilde stoppen, net als die walkman?'
Vol spanning kijkt iedereen naar Simone. Dan houdt Simone het niet meer uit. 'Jullie hoeven heus niet zo naar me te kijken, hoor! We zouden met zijn allen Paul wegpesten. En nou doen jullie net of het alleen mijn schuld is. Alleen maar omdat ik toevallig die walkman...' Verder komt ze niet.
Verontwaardigd begint iedereen door elkaar te praten.
'Wat gemeen...'
'Wie doet er nou zoiets...'
Snikkend klimt Simone van haar stoel. 'Alsof Paul zo eerlijk is... Op zijn vorige school waren ze veel verder met rekenen! Hij doet alles voor de tweede keer! Ja, zo kan ik ook de beste zijn...'
'Welja, mevrouw is jaloers! En omdat iemand hogere cijfers haalt dan zij, pest ze hem maar weg!' Meester Niels is woedend. 'Het gáát er niet om wie de hoogste cijfers haalt. Het gaat erom dat je je best doet. Hoe vaak moet ik dat nog zeggen?'
'Maar u noemde mij altijd de rekenkundige...' snikt Simone. 'En sinds Paul in de klas zit...'
Meester Niels slaat met zijn hand tegen zijn voorhoofd. 'Dom dat ik daar niet aan gedacht heb! Zo zie je maar weer waar dit soort uitspraken toe leidt!'
Niemand weet iets te zeggen. Dan verbreekt Paul de stilte. 'Maak je maar niet ongerust. Ik blijf toch niet lang in deze klas. Als mijn moeder weer beter is, ga ik weg. Dan krijg jij je eretitel weer terug.'

De hele klas kijkt hem wat beteuterd aan.
'Ik wist niet dat je moeder ziek was,' zegt Annemiek.
Paul staart naar de grond.
'Ja,' antwoordt meester Niels voor hem. 'Paul woont zolang bij zijn opa. Zodra zijn moeder beter is, gaat hij naar Bergen aan Zee terug, hè Paul?'
Paul knikt. Beschaamd staat Simone op. Ze loopt naar Paul toe en geeft hem een hand.
'Het spijt me heel erg dat ik zo gemeen ben geweest. En dat van je moeder spijt me ook.'
'Ik heb er ook spijt van,' bekent Jeroen. 'Maar ik dacht echt dat jij die walkman gepikt had.'
'Ik ook, anders zou ik nooit meegedaan hebben. Echt niet,' verzekert Annemiek.
'Laten we hopen dat Paul jullie kan vergeven,' zegt de meester. 'En jou helemaal, Simone, want jij bent heel gemeen geweest. Maar zo te zien vind je dat zelf gelukkig ook.'
'Ja meester.'
'Laat er nooit meer zoiets gebeuren in deze klas. Toevallig, ik mag wel zeggen: heel toevallig, zat Kareltje in Pauls tas, anders hadden we nog niks geweten.' Meester Niels kijkt Paul doordringend aan.
Paul wordt bijna zo rood als de portemonnee van Leentje.
'Het... eh... het was niet zo heel toevallig, meester.'
Niels maakt de deur van de klas open. 'Ik stel voor dat we allemaal even naar buiten gaan. De pauze is wel voorbij, maar het lijkt mij een goed idee als iedereen even uitwappert. Intussen zet ik de ramen wagenwijd open, zodat alle narigheid de klas uit kan waaien.'
Bedremmeld lopen ze de klas uit. Op het schoolplein stapt Jeroen op Paul af. 'Doe je mee met voetballen?'
'Ik kan niet zo goed voetballen,' antwoordt Paul.
'Geeft niks, ik leer het je wel.'
'Of ik.' En Leentje slaat de bal uit Jeroens handen en holt er behendig achteraan.

## *Hazetanden*

Na schooltijd lopen Leentje en Paul samen naar huis. Leentje raakt maar niet uitgepraat over wat er die ochtend gebeurd is. En hoe spannend het was toen ze met zijn allen achter de deur van de klas stonden. Paul sjokt stilletjes naast haar. Af en toe schopt hij een steentje weg. In het park blijft hij opeens staan en kijkt Leentje aan.
'Toch weet ik zeker dat ze mij nog steeds een eikel vinden, al doen ze nog zo aardig.'
'Waarom? Omdat je niet kan voetballen?' vraagt Leentje.
'Ook, maar ook omdat ik er stom uitzie met dat rooie haar en die grote tanden.'
'Grote tanden?'
'Moet je zien, net hazetanden.' Paul trekt zijn lippen op.
'Ik zie niks,' beweert Leentje. 'Je hebt heel gewone tanden.'
Maar Paul gelooft haar niet. 'Dat zeg je om mij gerust te

stellen. Zeg eerlijk, vond je mij geen ei toen je me voor het eerst zag?'
'Een ei? Hoe komt je daar nou bij?' lacht Leentje.
'Nou, vertel op. Wat dacht je: een zak, een oen, een droppie, een sulletje, een...'
'Doe toch niet zo raar.' Leentje valt hem in de rede. 'Ik dacht niks. Laten we nou doorlopen.' Ze trekt Paul lachend mee aan zijn jas.
Maar Paul rukt zich los. 'Ik wil het weten, ik wil weten wat je dacht.'
'Goed dan,' zegt Leentje met een zucht. 'Ik dacht... ik dacht: "Help! Wat een stuk!" En toen je langs mijn tafel liep en ik je van dichtbij zag, toen... toen dacht ik niks meer. Ik viel flauw!'
Grinnikend geeft Paul haar een duw. 'Doe niet zo gek.'
'Geloof je me niet?' roept Leentje verontwaardigd uit. 'Heb je niet eens gemerkt dat ik in katzwijm onder mijn tafel lag?'
'Pestkop, mij een beetje in de maling nemen, hè? Ik zal je...'
Paul grijpt Leentje bij haar arm en probeert haar in het gras te duwen. Maar Leentje is slim. Ze begint Paul te kietelen.
'Nee, niet kietelen... hahaha... alsjeblieft, Leentje... hou op ...'
Leentje houdt niet op. Slap van de lach zakt Paul in het gras.
'Zeg dat je een stuk bent,' beveelt Leentje.
'Ik... ben... een... stuk...' hikt Paul.
'Harder!'
'IK... BEN... EEN... STUK...!'
'Nog harder!'
Pas als Paul het uitschreeuwt, laat Leentje hem los.
Als ze doorlopen, wijst Leentje naar een kluwen eenden die luid kwakend tegen de rand van de vijver opfladderen.
'Je fan-club!' plaagt Leentje.
'Ik heb nog een boterham over,' zegt Paul. En hij haalt een

snee brood uit zijn rugtas, breekt er een stuk af en gooit het in het water. Een grote eend pikt venijnig om zich heen en gaat er vlug met het stuk brood vandoor.
'Kattekop!' schreeuwt Leentje.
'Je lijkt Simone wel!' roept Paul.
Daar moeten ze alletwee om lachen.
'Je moet veel verder gooien, zodat Simone er niet bij kan.'
Opnieuw breekt Paul een stuk brood af en gooit het in het water. Niet ver genoeg. Weer heeft de Simone-eend het te pakken.
'Geef mij 's!' En Leentje smijt met zoveel kracht een stuk brood door de lucht dat het helemaal aan de andere kant van de vijver in het water plonst.
'Zo, daar kan ik nooit tegen op. Wat een sportieveling ben jij, zeg!' Vol bewondering kijkt Paul haar aan.
'Valt wel mee,' glimlacht Leentje. 'Dat komt omdat ik elke week tennis met mijn vader.' Leentje schrikt van haar eigen woorden. In gedachten ziet ze haar vader op de tennisbaan met die andere vrouw...
'Hallo, ben je er nog?' Paul geeft een rukje aan haar oorlel. 'Ik vroeg waar jullie altijd tennissen?'
Afwezig kijkt Leentje hem aan. 'Eh... wat?'
'Ik vroeg...' herhaalt Paul. Maar als hij Leentjes verdrietige gezicht ziet, vraagt hij niet verder.
Zwijgend gaan ze aan de kant van de vijver zitten en staren in het water. Opeens ziet Leentje het bezorgde gezicht van Paul weerspiegeld in het water...
Ze heeft het gevoel dat ze hem al heel lang kent. En ze begint zomaar te vertellen. Over het boekje dat ze voor Annemiek ging kopen. En dat ze de auto van haar vader aan de overkant zag staan toen ze uit de boekwinkel kwam. Dat ze de weg was overgestoken om met hem mee te rijden. En dat ze toen zag dat er een vrouw naast hem zat...
'En toen? Wat gebeurde er toen?' Zachtjes knijpt Paul in Leentjes hand.

Leentje slikt. 'Toen ik vlak bij de auto was, zag ik opeens dat mijn vader die vrouw kuste...'
Paul weet niet zo goed wat hij moet zeggen. Hij prutst aan de rietstengels die uit de vijver steken.
'Weet je moeder het?' vraagt hij na een tijdje.
Leentje schudt haar hoofd. 'Dat is het juist, ik durf het haar niet te vertellen. Eigenlijk heeft ze alleen mijn vader en mij... en verder niks. Ik ben zo bang...'
Verder komt ze niet.

Het is of haar keel wordt dichtgeknepen.
'Laat maar, ik snap het al.' Paul slaat een arm om haar heen. Hij denkt aan zijn eigen verdriet. Dat hij ook niets liever zou willen dan dat zijn ouders weer bij elkaar zouden komen.
Een tijdje zitten ze zo, zonder te praten, tot er een groepje kinderen joelend om hen heen komt staan. 'Haha... twee verliefden!' En ze maken allemaal smakkende geluiden.
'Rot op jullie!' Woest stuift Paul op hen af. Gillend vliegen ze alle kanten op.
'Zo, die zijn weg!' Paul gaat weer naast Leentje zitten. Die ziet er nog steeds bedroefd uit.
'Misschien loopt het allemaal toch nog goed af,' zegt hij troostend.
Leentje bijt op haar lip. 'Ik weet niet wat ik moet doen. Moet ik het mijn moeder nou vertellen, of is het beter als ik eerst met mijn vader praat? Wat vind jij?' Wanhopig kijkt ze Paul aan.
Paul zucht. Zenuwachtig rukt hij grassprietjes uit de grond. 'Ik weet het niet, ik denk dat je zoiets beter aan mijn opa kan vragen.'
'Je opa? Denk je dat die mij kan helpen?'
'Vast wel. Mijn opa heeft zoveel boeken gelezen, die heeft overal verstand van. Kom mee, dan gaan we meteen naar hem toe.'
'Nu meteen?'
'Ja, waarom niet.' Paul staat op en trekt haar overeind.
'Is het niet gek om zoiets aan een wildvreemde te vertellen?' sputtert Leentje nog tegen. Maar dan herinnert ze zich opeens wat meneer Los had gezegd: 'Als je hulp nodig hebt, dan weet je mij te vinden.'
'Goed, ik ga mee.' En zonder er verder nog over te praten, lopen ze samen het park uit.

## *Boodschappen doen*

Zodra Leentje en Paul de boekwinkel binnenstappen, schuift meneer Los twee krukjes bij de toonbank.
'Ga zitten, kinderen. Meester Niels is net weg. Hij heeft uitgebreid verslag gedaan van Kareltjes heldhaftige optreden. Wat een bijdehante rakkers zijn jullie, zeg! Ik vermoedde wel iets, maar ik wist niet dat het zó'n listig plan zou zijn.'
Paul begint te glimmen.
'Je had Simone moeten zien! Bang dat ze was, alleen maar voor zo'n lief ratje!'
Bezorgd kijkt meneer Los door een spleet van de rugtas.
'Hoe is het eigenlijk met Kareltje? Heeft-ie het overleefd?'
'Nou en of, kijk maar!' Paul doet zijn rugtas open en haalt zijn gymp eruit. Daarin ligt Kareltje heerlijk te snurken.

'Zo, dappere Dodo!' Zachtjes aait meneer Los over Kareltjes kopje. Heel even doet Kareltje zijn ogen open en dan slaapt hij weer verder.
'Geef hem maar, ik stop 'm wel in zijn hokje. Ik ga toch wat te drinken inschenken.' Behoedzaam tilt meneer Los Kareltje uit de gymp en neemt hem mee naar boven.
'Je moet het nu vertellen,' zegt Paul zachtjes. 'Nu is het rustig. Zo meteen staat de winkel weer vol klanten.'
'Ik weet niet of het wel zo'n goed idee is,' aarzelt Leentje. 'Kan ik niet beter een andere keer terugkomen?'
Maar ze moet eraan geloven. Als meneer Los met twee glazen limonade binnenkomt, stoot Paul haar aan. 'Toe dan!'
Leentje telt tot drie. Net als ze wil beginnen, komt er een klant binnen.
'Wat zouden jullie ervan vinden als Leentje hier vanavond pannekoeken blijft eten?' stelt meneer Los voor. 'Denk er maar even over na, ik ben zo terug.' En hij stapt op de klant af.
'Doen natuurlijk!' dringt Paul aan. 'Dan hebben we de hele avond om erover te praten.'
Leentje weet niet of ze dat wel wil. Onrustig wipt ze op haar kruk heen en weer.
'En?' vraagt meneer Los als de klant weg is.
'Leentje blijft,' beslist Paul.
'Dat is heel verstandig van je.' En voordat Leentje er iets tegenin kan brengen, drukt meneer Los de telefoon al in haar handen. 'Even je moeder opbellen of het goed is, meid.'
Een beetje overdonderd draait Leentje het nummer.
'Hoi mam, ik mag bij Paul blijven eten. We eten pannekoeken. Zeker wel goed, hè? Wat eten jullie? Wat...?' Leentje schrikt. 'Komt papa alweer niet thuis? Dus dan ben je helemaal alleen? Natuurlijk geeft dat wel. Dat wil ik niet... ik wil niet dat je alleen bent. Nee, dan kom ik naar huis.' Ze

wil de hoorn op de haak leggen, maar meneer Los houdt haar tegen.
'Wacht eens even. Begrijp ik het goed? Is je moeder vanavond alleen thuis?'
Leentje knikt.
'Zeg haar dat ik het leuk zou vinden als ze ook hier naartoe komt.'
'Mam, meneer Los vraagt of jij ook komt eten. Nee, hij meent het echt. Je weet toch waar de boekwinkel is? Nou, daarboven wonen ze. Je komt, hè? Hartstikke goed, tot straks dan.'
Opgelucht legt Leentje de hoorn op de haak.
Meneer Los geeft haar een knipoog. 'Dat kan nog echt gezellig worden, hè meid?'
'Vast wel. Mijn moeder zal zich hier wel thuisvoelen tussen al die boeken.'
'Houdt ze van boeken?' vraagt meneer Los.
'Ze heeft vroeger in een bibliotheek gewerkt,' vertelt Leentje trots.
'Kijk eens aan, dan heeft ze er dus verstand van.' Meneer Los legt een hand op Pauls schouder. 'Nou jongen, je hoort het, Leentjes moeder komt ook. Ik verwacht dat jullie ons op een uitgebreid pannekoekenmaal trakteren. Hier heb je de portemonnee. Haal wat je nodig hebt en vergeet vooral geen toetje.'
'Hmmmm...' Uitgelaten gooit Paul de twee rugtassen in het halletje, pakt de boodschappentas van de kapstok en trekt Leentje mee naar buiten.
Buiten blijft Leentje staan. 'Moeten wij die pannekoeken bakken?'
'Natuurlijk, wie anders? Mijn opa moet tot zes uur in de winkel staan.'
Benauwd kijkt Leentje Paul aan.
'Wat is er? Hou je soms niet van koken?'
Verlegen plukt Leentje aan haar jas. Ze durft het haast niet

te zeggen. 'Ik eh... ik heb het nog nooit gedaan. Mijn moeder wil nooit dat ik me met het eten bemoei.'
'Nou, mijn moeder wel, hoor. Wat denk je? Een hotel is druk, hoor,' legt Paul uit. 'Ik moest zo vaak helpen: koken, wassen, eigenlijk kan ik alles.'
'Goh.' Leentje schaamt zich een beetje. Dat merkt Paul. Voor de grap legt hij de boodschappentas op haar hoofd. 'Wat zou dat nou, dat je niet kan koken. Jij hebt mij leren voetballen en nou leer ik jou pannekoeken bakken.' En hij duwt Leentje de supermarkt in.
'Aha!' Paul loopt naar het rek en plukt de chocoladepasta er tussenuit.
'Wat voor pannekoeken gaan we bakken?' vraagt Leentje.
'Van alles,' snoeft Paul. 'Pannekoeken met appel, rozijnen, en chocoladepannekoeken. Net als in een pannekoekenrestaurant.'
'Met chocola lijkt mij lekker.' Leentje likt met haar tong langs haar lippen.
'Verrukkelijk zijn die, mevrouw, dat verzeker ik u,' grapt Paul. 'En wat dacht u van ijstaart toe?'

'Hebben we nou alles?' Nog één keer inspecteert Paul het karretje of alles erin zit. 'Meel, melk, eieren, spek, chocoladepasta, appels... Boter vergeten! Ga jij vast in de rij staan, dan haal ik even boter!' Paul rent weg.
Zenuwachtig kijkt Leentje steeds om. Ze is zo aan de beurt. Als Paul nou maar op tijd terug is met die boter. De rij slinkt, het gaat sneller dan ze had gedacht.
'Schiet nou op, Paul... schiet nou op.' Nog maar één mevrouw voor haar en Paul is er nog steeds niet. Waar blijft-ie toch? Met een rood hoofd ziet Leentje hoe de mevrouw haar boodschappen op de toonbank legt. Help! Nu moet ze alleen nog betalen... Dat redt Paul nooit meer. Nog één keer kijkt ze om en als Paul er dan nog niet aankomt, duwt ze haar karretje uit de rij.

Op zoek naar Paul, rijdt ze haar wagentje door de supermarkt, maar Paul is nergens te bekennen. Ook niet bij de boter. Hoe kan dat nou?
'Paul! Paul…!'
Geen antwoord.
Leentje weet niet goed wat ze moet doen. Zal ze teruggaan naar de boekwinkel? Misschien is hij daar. Ze parkeert haar boodschappenwagentje in een hoek van de supermarkt en loopt naar buiten.

Nou, moe! Daar is Paul. Hij zit vlak voor de supermarkt een hond te aaien.
'Waar bleef je nou met je boter!'
Verward kijkt Paul haar aan. 'Boter... o sorry, helemaal vergeten. Ik zag die hond, zie je... en toen dacht ik dat het Boris was, maar dat kan helemaal niet.'
'Boris?'
'Onze hond. Hij woont nu bij mijn vader...' Er staan tranen in Pauls ogen. Leentje slaat een arm om hem heen.
'Mis je hem erg?'
Paul knikt. 'Ik denk elke dag aan hem. Laatst belde mijn vader op en toen hoorde ik door de telefoon Boris blaffen en toen... toen heb ik zomaar de hoorn erop gelegd.'
'Rottig.' Leentje moet er zelf bijna om huilen. 'Kan je niet aan je moeder vragen of je een nieuwe hond mag?'
'Mag ik ook. Als ze weer beter is. Maar ik weet toch dat ik die nooit meer zo lief vind als Boris.' Een tijdje zitten ze zo, tot een strenge stem hen opschrikt.
'Zijn die boodschappen van jou, jongedame?'
In de deuropening staat de bedrijfsleider. Geërgerd wijst hij naar het boodschappenkarretje dat in de winkel staat. Dat is waar ook, ze moeten nog afrekenen!
Leentje springt op. 'Ik kom eraan, meneer.' Ze graait de portemonnee uit Pauls zak en holt naar binnen.
'Noem je dat boodschappen doen?' moppert de bedrijfsleider. 'Je karretje vol boodschappen in de winkel laten slingeren en dan buiten met een hond gaan spelen. Nou, schiet maar op. Het heeft lang genoeg geduurd.'
Even voelt Leentje zich heel boos worden. Het liefst zou ze het karretje met boodschappen zo omkeren voor de neus van die zuurpruim. Maar ze doet het niet. Eén voor één legt ze de boodschappen op de toonbank en betaalt.
Als ze buitenkomt, zit Paul nog steeds bij de hond. Hij staart voor zich uit. Leentje zet de tas met boodschappen neer en gaat naast hem zitten.

'Weet je wat je moet doen als je moeder weer beter is? Dan moet je een hond uit het asiel halen. Een heel zielige hond, die mensen hebben weggedaan. Die zijn vaak het liefst.'
'Ja, dat doe ik!' Paul kijkt al wat vrolijker. 'Dan neem ik er een die niemand wil hebben omdat-ie niet mooi is.'
'Zo'n lieverdje met een treurig kopje,' bedenkt Leentje. 'Mag ik dan helpen uitzoeken?'
'Goed, dan gaan we samen naar het asiel.' Blij springt Paul overeind.
'Dan krijgt hij van mij een riem,' belooft Leentje.
'Van tante Leentje,' plaagt Paul en hij geeft haar zomaar een zoen, midden op straat.

# *Pannekoeken bakken*

'Het lijkt hier wel een restaurant!' Vol bewondering bekijkt de moeder van Leentje de feestelijk gedekte tafel.
'Nou nou, die twee hebben er wel werk van gemaakt.' Goedkeurend bestudeert meneer Los de menukaart die op tafel staat.
Zenuwachtig steekt Paul zijn hoofd om de deur. Hij heeft zijn pannekoekenmes nog in zijn hand. 'We zijn nog niet helemaal klaar, maar kan ik jullie alvast iets te drinken aanbieden? Aan de achterkant van de menukaart staan de dranken.'
Meneer Los geeft de menukaart aan Leentjes moeder.
'O hemeltje, moet ik dat nu al zeggen? Er staan zoveel lekkere drankjes op.'
'Waarom neemt u geen heerlijk glaasje rode wijn?' raadt meneer Los aan.
Een beetje verlegen kijkt ze hem aan. 'Zal ik dat nou wel doen?'
'Waarom niet? U bent toch niet met de auto? En tenslotte maken wij niet elke dag kennis met elkaar. Geef mij maar een glas rode wijn, Paul.'
'Voor mij dan ook maar.' En Leentjes moeder legt de menukaart op tafel.
In de keuken is Leentje bezig nog wat beslag bij te maken. Paul zet twee wijnglazen op een blaadje en schenkt ze vol. Leentje houdt meteen op met roeren. 'Voor wie is die wijn?'
Paul wijst naar de kamer. 'Voor die twee daar!'
'Heeft mijn moeder wijn besteld?' Van verbazing laat

Leentje de houten lepel in het beslag vallen.
'Is dat zo gek?' vraagt Paul.
'Dat doet ze nooit! En zeker niet als mijn vader er niet bij is. Mijn opa en oma waren heel ouderwets. Die vinden dat vrouwen in het huishouden horen enzo.'
'Ja ja, en je vader hoeft zeker nooit iets te doen.' Pauls stem klinkt spottend.
'Mag-ie nog geeneens!' Met een verontwaardigd gezicht vist Leentje de lepel uit het beslag.
'Nou, dan moet ze maar vaak bij mijn opa komen. Die leert haar die onzin zo af. Mannen moeten net zo goed kunnen koken als vrouwen.'
'Zo is het.' Leentje snoept het

beslag van de lepel en duwt de schaal in Pauls handen.
'Wat moet ik hiermee?' protesteert Paul.
'Roeren! Ik heb een lamme arm. Laat mij die glaasjes maar naar de kamer brengen.' En Leentje pakt het blaadje en loopt de keuken uit.
Terwijl Leentje en Paul de laatste pannekoeken bakken, geeft meneer Los de moeder van Leentje een soort rondleiding door de boekwinkel.
'Dat was altijd mijn stille wens, een eigen boekwinkel,' vertelt moeder. 'Is deze winkel altijd van u geweest?'
Meneer Los knikt trots. 'Dat wil zeggen: eerst van mijn grootvader, toen van mijn vader en nu van mij. Volgend jaar bestaan we honderd jaar. Daar maak ik een groot feest van.'
Met een stralend gezicht loopt moeder langs de rekken met boeken. 'U hebt een prachtige winkel.'
Meneer Los haalt een fotoalbum onder de toonbank vandaan. 'Wilt u eens zien hoe deze winkel er vroeger uitzag?'
Aandachtig bekijkt moeder de foto's. 'Schitterend! Wat was het toen een klein winkeltje! En dan dat straatje met klinkertjes. Moet je zien wat een drukke straat het nu is.'
Meneer Los pakt een sleutel uit de la van zijn kassa. 'U houdt zo van boeken, u vindt het vast wel leuk om mijn archief te zien.'
'Dat lijkt me enig!' Enthousiast loopt moeder achter meneer Los aan de trap af. In de kelder maakt hij een deur open en knipt het licht aan. 'Nou?'
Moeder slaat haar handen in elkaar. 'Ongelooflijk! Het lijkt hier wel een museum. Dit boek dat ken ik nog, dat stond al bij mijn opa in de boekenkast en dit en...'
Geamuseerd ziet meneer Los hoe de ogen van Leentjes moeder vol liefde over de planken glijden. Af en toe neemt ze een boek in haar handen en bladert erin.
'Volgens mij zou u hier nog dagen kunnen doorbrengen,' glimlacht meneer Los.

'Nou en of! Toen ik vroeger in de bibliotheek werkte, was ik er al nooit weg te slaan. Als iedereen naar huis was, dook ik nog eens even heerlijk tussen de boeken.'
'Zou het niks voor u zijn mij een paar dagen per week in de winkel te helpen?' stelt meneer Los opeens voor.
Leentjes moeder kijkt hem verbaasd aan.
'Ja, het komt ineens bij me op nu ik u hier zo zie. Eigenlijk denk ik er al een tijdje over om iemand te nemen die me op donderdag en vrijdag kan helpen. Ik ben ook een dagje ouder, ik kan een beetje hulp best gebruiken.'
Met een rood hoofd zet Leentjes moeder het boek terug.
'Ik... ik weet niet zo gauw wat ik hierop moet zeggen. In een winkel heb je natuurlijk heel andere kwaliteiten nodig dan in een bibliotheek en...'
'Volgens mij bent u een prima verkoopster.' Meneer Los wuift haar bezorgdheid weg. 'Maar denkt u er gerust rustig over na.'
'Eten...!' brult Paul naar beneden. 'De pannekoeken zijn klaar!'
'Gaat u mee? Dan praten we boven wel verder.' En meneer Los houdt de deur voor haar open.
'Ik ben helemaal in de war door uw voorstel,' zegt moeder als ze aan tafel zitten.
'Welk voorstel?' vraagt Leentje, die net twee glazen cola op tafel zet, nieuwsgierig.
Moeder kijkt meneer Los vragend aan. Ze weet eigenlijk niet of Leentje het mag weten.
'Ik heb je moeder net gevraagd of ze mij op de donderdag en de vrijdag in de winkel wil komen helpen,' zegt meneer Los.
'Mam, wat leuk voor je! Doe je het?'
'Ik moet er nog even over nadenken,' aarzelt moeder.
'Wat nou, nadenken!' roept Leentje verontwaardigd. 'Je bent dol op boeken. Vorige week zei je nog dat je eigenlijk wel weer wilde werken.'

'Het lijkt me ook reuze leuk, vooral nou jij groter wordt. Maar, ik moet het eerst met papa bespreken.'
'Met papa…? Wat heeft die er nou mee te maken? Wat ben je toch ouderwets, mam. Het is toch zeker jouw leven? Je gaat toch niet je hele leven alleen thuis zitten omdat papa dat wil! Trouwens, ik weet zeker dat papa het hartstikke leuk vindt.' Leentje kijkt meneer Los aan.
'Eigenlijk heeft uw dochter gelijk,' valt meneer Los haar bij. 'Elk mens moet voor zichzelf zorgen, of je nu een man bent of een vrouw.'
Leentje port met haar vinger in haar moeders zij. 'Hoor je het nou? En meneer Los is veel ouder dan jij. Jij leeft nog in de oertijd.'
'Wat ben je toch eigenwijs,' lacht moeder. Ze schuift haar glas een paar keer over het tafelkleed heen en weer. Dan

haalt ze diep adem en zegt: 'Jullie hebben gelijk. Ik moet voor mezelf beslissen. Ik doe het.'
'Jippie!' juicht Leentje.
'Daar moeten we op toosten.' Meneer Los heft zijn glas en tikt het glas van moeder aan. 'Op een goede samenwerking.'
Leentje maakt een buiging voor haar moeder. 'Mevrouw van de boekwinkel, ik moet van de kok vragen wat voor pannekoek u wilt.'
Deftig kijkt moeder op de menukaart. 'Geef mij maar een chocoladepannekoek.'
Weer buigt Leentje, maar nu voor meneer Los. 'En u?'
'Een spekpannekoek graag.'
Leentje verdwijnt de keuken in. Ze vliegt Paul om zijn nek. 'Mijn moeder gaat op donderdag en vrijdag in jouw opa's winkel werken.'
'Wat leuk! En voor jou is het ook leuk, want dan mag je tenminste koken.'
'Dat is zo. Daar had ik nog niet eens aan gedacht. Ik kan in ieder geval pannekoeken bakken. Maar wat ruikt het hier branderig?'
Paul wijst naar een aangebrande pannekoek in Leentjes koekepan.
Leentje slaat haar hand voor haar mond. 'Wat stom. Helemaal vergeten het gas lager te zetten!'
Paul zet snel de balkondeur open, zodat de stank eruit kan. 'Als ik jou was zou ik nog maar een paar kooklessen nemen.'
'Niks tegen mijn moeder zeggen, hoor, anders mag ik nooit meer koken.'
Met een plagerig gezicht prikt Paul de aangebrande pannekoek aan een vork en sluipt ermee naar de gang. Achter de deur van de kamer blijft hij staan, en hij zwaait de pannekoek heen en weer. 'Mevrouw... kijk eens hoe dom Leentje is... laat haar maar nooit koken, hoor, want uw hele huis

vliegt in de fik!'
'Hou op!' Leentje probeert de vork uit Pauls handen te rukken. Maar dan gaat de kamerdeur open. Help!
Leentje en Paul stormen terug naar de keuken. Paul maakt zo'n rare beweging dat de pannekoek van de vork schiet.
'Waar is-ie!' sist Paul.
'Ssstt...' Leentje wijst naar haar moeder.
'Gaat het goed hier?' Leentjes moeder loopt naar de kapstok en haalt een zakdoek uit haar jaszak.
Paul stoot Leentje aan en wijst naar de kapstok. Nu ziet Leentje het ook. Op de grond, recht onder moeders jas, ligt de pannekoek. Leentje en Paul kunnen hun lachen nauwelijks inhouden.
'Wat is dat nou?' Moeder bukt zich om de pannekoek op te rapen. Maar Paul is sneller. 'Hoe komt die zeemlap nou hier?' En zonder blikken of blozen pakt Paul de pannekoek van de grond, loopt ermee naar de keuken en gooit hem onder in het gootsteenkastje.
Moeder kijkt Leentje verwonderd aan. 'Wil je wel geloven dat ik dacht dat het een pannekoek was?'
'Nou mam, ik kan wel merken dat je een glaasje wijn op hebt. De pannekoeken groeien hier in de gang, nou goed?'
En stikkend van de lach vlucht Leentje de keuken in.

# *Winkelen*

In feeststemming komt Leentje de boekwinkel uit.
'Hé, koopavond!'
'En wat wil je daarmee zeggen?' vraagt haar moeder.
'Dat we nog even gaan winkelen,' zegt Leentje doodleuk. En ze geeft haar moeder een arm.
Maar moeder maakt zich los. 'Weet je wel hoe laat het is? Morgen moet je weer naar school.'
'Nou en? Wat kan ons dat schelen? Ah, toe nou mam, dat is toch gezellig, wij tweetjes?' Leentje kijkt haar moeder met haar liefste gezichtje aan.
'Nou, vooruit dan. Maar alleen even naar galerie Trix.'
Dat vindt Leentje best. Ze weet dat haar moeder niet meer kan stoppen als ze eenmaal begint te winkelen.
En jawel hoor, ze staan nog niet voor de etalage of het begint al: 'Wat hebben ze hier toch bijzondere sieraden. Kom mee, Leen!'
Bij de oorbellen blijven ze staan. Leentje wijst lange gekleurde oorbellen aan. 'Deze moet je nemen, mam. Hartstikke leuk!'
Moeder kijkt bedenkelijk. 'Zijn die niet veel te opvallend?'
'Welnee, juist vrolijk. Probeer ze nou maar!' Leentje duwt de oorbellen in haar moeders hand.
Moeder haalt haar gouden ringetjes uit haar oren. Ze probeert de hangers erin te krijgen, maar dat is een heel gepruts.
'Nou, als ik elke morgen zo moet prutsen, mag ik wel om zes uur opstaan.' Moeder wil de hangers al wegleggen.
'Alleen in het begin gaat het wat lastig, mevrouw. Daarna

glijden ze er zo in. Zal ik u even helpen?' Een verkoopster pakt de oorbellen van Leentjes moeder aan.
De tranen springen in moeders ogen, maar de oorbellen zitten erin.
'Wijs, mam!'
De verkoopster houdt moeder een spiegel voor. 'Ze staan u beeldig!'

Moeder bekijkt zichzelf in de spiegel. 'Ja, ze zijn wel mooi, alleen lijkt mijn haar hierbij opeens zo saai.'
'Knip het dan af!' zegt Leentje.
Haar moeder laat de spiegel zakken. 'Ben je mal! Ik heb nog nooit kort haar gehad.'
De verkoopster pakt een kleurig sjaaltje en knoopt dat in moeders haar. 'Wat dacht u hiervan?'
Leentje kijkt verrast naar haar moeder. 'Ja, dat staat je hartstikke leuk!'

Moeder bekijkt zichzelf opnieuw in de spiegel. 'Is het niet een beetje té...?'
'Wat nou, té...?' roept Leentje. 'Je ziet er gewoon te gek uit zo.'
'Bij deze oorbellen hoort ook een broche.' De verkoopster pakt een broche uit het rek en speldt hem op. 'Het is absoluut iets aparts, mevrouw.'
'Nemen,' zegt Leentje beslist.
Moeder twijfelt even, maar dan wendt ze zich resoluut tot de verkoopster. 'Ik doe het. Het is alweer zo'n tijd geleden dat ik iets leuks voor mezelf heb gekocht.'
Als ze de oorbellen wil uitdoen, houdt Leentje haar tegen. 'Hou nou in, zal je papa zien kijken!'
Glimlachend stopt de verkoopster de gouden oorringetjes in een zakje.
Buiten blijven ze nog even voor de etalage staan.
'Die horloges vind ik mooi,' zegt Leentje.
'Zeker, ze hebben hier schitterende dingen!' Tevreden bewondert moeder zichzelf van alle kanten in de etalageruit.
'Waar zullen we nu heen gaan?' probeert Leentje handig. Afwachtend kijkt ze haar moeder aan. Als die maar niet begint te zaniken over te laat naar bed...
'Wat dacht je van even lekker neuzen?' En moeder trekt Leentje een warenhuis in.

'Wanneer vertel je papa van je baan?' vraagt Leentje als ze vlak bij huis zijn.
'Ik denk meteen vanavond, als papa tenminste al thuis is.'
Leentje loopt naar het midden van de stoep. 'Ja, hij is er. Kijk, de auto staat voor de deur.'
Opgewonden knijpt ze in moeders hand. 'Denk je dat papa het leuk vindt?'
'Hij zal wel moeten, denk ik. Ik heb het toch afgesproken?' Lachend steekt moeder de sleutel in het slot.
In de gang werpt ze nog een snelle blik in de spiegel en

voelt aan haar oorbellen. 'Grappig, hè?'
'Wat zal papa opkijken! Je bent een stuk zo, hoor, met dat sjaaltje in je haar.'
Haar moeder giechelt. Ze lijkt opeens een stuk jonger.
Als Leentje de kamer inkomt, laat haar vader de krant zakken. 'Zo, jullie hebben het uitgehouden!'
Dan ziet hij zijn vrouw in de deuropening staan. Leentje ziet aan zijn gezicht dat hij haar er mooi vindt uitzien. Hij loopt naar haar toe en steekt zijn hand uit.

'Dag mevrouw, mag ik me even voorstellen? Frank Kooi van architectenbureau Blom.'
'Aangenaam kennis met u te maken. Els Kooi van boekhandel Los.'
Leentjes vader kijkt haar niet-begrijpend aan.
Moeders ogen stralen. Nu kan Leentje het niet langer voor zich houden. 'Mama heeft een baan!'
'Wat? Heb je een baan!'
Moeder knikt. 'Bij boekwinkel Los. Boekverkopers sinds 1892.' En dan vertelt ze hoe het gegaan is.
Leentje houdt haar vader scherp in de gaten. 'O wee als je durft te zeggen dat je het niet wilt hebben. Dan zal ik je...'
Maar hij zegt helemaal niet dat hij het niet wil hebben. Hij straalt. 'Wat goed! Dan spreek je tenminste nog eens iemand anders dan de bakker en de slager en de melkboer. Goh, wat fijn voor je! Een boekwinkel nog wel, echt iets voor jou. En zo te zien ben je al helemaal in stijl.'
Leentje stoot haar moeder aan. 'Zie je nou wel dat papa het leuk vindt?'
'Wat zou ik erop tegen moeten hebben?' vraagt vader.
Moeder legt uit dat er ook nadelen aan verbonden zijn.
'Denk er wel om dat ik nooit vóór kwart over zes thuis ben. En dan moet ik nog koken, dus we eten pas om...'
'Jij kookt helemaal niet als je werkt,' onderbreekt Leentje haar. 'Op donderdag en vrijdag koken papa en ik, hè pap?'
Vader strijkt langs zijn kin. 'Wat Leentje voorstelt is zo gek nog niet. Als ik er nou voor zorg dat ik op donderdag en vrijdag vroeg thuis ben, dan maken Leentje en ik het eten.'
'Weet je wat?' zegt moeder. 'Dan schil ik de aardappelen voordat ik naar de winkel ga. Aardappelen opzetten is niet zo moeilijk.'
'Aardappels opzetten! Hoe kom je daar nou bij? Leentje en ik gaan geen aardappels koken! Wij bereiden uitsluitend buitenlandse gerechten, hè Leen?'
'Zo is dat,' knikt Leentje. 'Italiaans of Grieks.'

'Of Japans of Mexicaans, of Indisch!' Vader grijnst. 'U kunt bestellen wat u wilt, mevrouw.'
'En de boodschappen doen wij ook zelf,' zegt Leentje.
'Juist.' Vader geeft Leentje een knipoog. 'Dat komt picobello voor elkaar. Wanneer moet je beginnen, Els?'
'Volgende week al,' antwoordt moeder.
'Dan staat hier volgende week een heerlijke pizza op jou te wachten.'
'Nou, ik ben heel benieuwd!' Moeder loopt lachend naar de keuken om wat in te schenken.

## *Het schoolkamp*

'Zo,' zegt Niels tegen de klas, 'we hebben nog een half uurtje voor de bel gaat. Dat wil ik gebruiken om met jullie over het schoolkamp te praten.'
Meteen begint iedereen door elkaar te schreeuwen:
'Lekker een week keten!'
'Ik neem geen pyjama mee, hoor, ik ga toch niet naar bed.'
'Wie neemt er eigenlijk zijn cassette-recorder mee?'
Niels geeft een dreun op het bord.
'Stilte!'
Mieke steekt haar vinger op. 'Weet u al waar we heen gaan?'
'Daar wil ik het nu juist over hebben. Wie heeft er een idee?' En meester Niels kijkt de klas rond. 'Annemiek?'
'Met zijn allen op de fiets, meester, en dan tenten mee.'
Gniffelend stoot Jeroen Maarten aan. 'Lekker spannend, joh! Kunnen we 's nachts de meiden bang maken!'
'Hoor hem!' snuift Annemiek. 'Hij durft niet eens zijn tent uit in het donker!'
Jeroen kijkt kwaad haar kant op. 'Hoe weet jij dat nou, trut!'
'Nou nou, is de verloving uit?' vraagt de meester.
'Gelukkig wel,' zucht Jeroen.
'Oeioei!' loeit de klas.
Meester Niels klapt in zijn handen. 'Op zich is het idee van Annemiek niet slecht. Maar jullie moeten er natuurlijk wel iets van opsteken. Het is tenslotte een schoolkamp.'
'Als we nou zelf koken?' bedenkt Leentje.
Sommige jongens beginnen te joelen. Meester Niels doet net of hij het niet hoort. 'Inderdaad Leentje, koken moeten

jullie allemaal eens kunnen. Dat is een mooie gelegenheid om het te leren. Wie van jullie kan al koken?'
Maarten kan een ei bakken, en Leentje pannekoeken. En Simone kan thee en koffie zetten. Alleen Paul, Iris en Mieke kunnen echt koken.
'Met mij er bij zijn het er dus vier,' zegt Niels. 'Dan moeten we de klas in vier groepen verdelen.'
Simone fluistert iets in Annemieks oor. Te hard...
'Denk dat maar niet, Simone... Niemand gaat stiekem naar de Chinees. Elk groepje maakt van tevoren een menukaart voor de hele week.'
'Als ik maar geen spruitjes hoef te eten!' Sonja trekt een vies gezicht.
'Juist lekker. Eerst de spruitjes koken, kaas erover en dan een tijdje in de oven, hmmmm!' Paul likt zijn lippen af.
Niels steekt zijn duim omhoog. 'Fantastisch idee, Paul. Jij zorgt dus voor een oven?'
Nu schiet de hele klas in de lach.
'Wie lust er zuurkool met worst?' Jeroen kijkt de klas rond.
De vinger van Annemiek schiet omhoog. 'Ikke! En wie houdt er van worteltjes met gebakken krieltjes?'
'Ikke!' Nu schiet Jeroens vinger de lucht in. 'Annemiek, wij gaan samen in een groepje.'
'Aye-aye, sir!' Annemiek salueert.
'Kijk nou eens, ik geloof dat de verloving weer aan is,' zegt de meester plagend.
'Nooit uit geweest, hè schat?' Annemiek blaast een kushandje naar Jeroen.
Meester Niels schudt zijn hoofd. 'Jullie zijn me toch ook een stel...'
De bel overstemt zijn woorden.
'Gaan jullie maar. Ik zal eerst eens uitzoeken wat het allemaal gaat kosten. Want als het te duur wordt, krijg ik jullie ouders op mijn dak.'
Druk pratend loopt iedereen de klas uit.

'Wij gaan samen in een groepje, hoor,' zegt Leentje onderweg tegen Paul.
'Als ik er tegen die tijd nog maar ben.'
Leentje blijft abrupt staan. 'Je bedoelt...'
Paul knikt. 'Het gaat goed met mijn moeder.' Met een stralend gezicht vist hij een brief uit zijn zak. 'Ze schrijft dat ze dit weekend een paar dagen naar ons toe komt.'
'Paul, wat fijn voor je! Vertel op, wat schrijft ze allemaal nog meer!'
'Een heleboel, moet je zien!'
Paul trekt Leentje een portiek in en vouwt met een trots gezicht de brief open. Er valt een foto uit. Meteen heeft Leentje hem te pakken.

'Een strandpaviljoen...?'
'Ja, dat wil m'n moeder pachten.'
'Wat mooi!' roept Leentje. 'Die huisjes vind ik mooi.'
'Die horen er allemaal bij. 's Zomers gaan we die verhuren.'
'Spannend, hoor, zo dicht bij de zee te wonen. Lijkt me machtig...' Dromerig staart Leentje voor zich uit. 'Mag je daar het hele jaar wonen?'
Paul schudt zijn hoofd. 'Alleen 's zomers.'
'En waar moeten jullie dan in de winter naartoe?'
'Dat zien we wel.' Paul pakt de foto en bekijkt hem nog eens goed. 'Nou ja, eerst moet mijn moeder natuurlijk helemaal beter zijn. Anders gaat er niks door.' Zuchtend stopt hij de foto weg. Hij staat op en loopt verder. 'Heb je zin om nog even mee te gaan?'
'Kan toch niet!' Leentje glimlacht geheimzinnig.
Paul trekt zijn wenkbrauwen op. Hij snapt het niet.
'Ik moet koken...!'
Nu herinnert Paul het zich weer. 'Dat is waar ook! Vandaag werkt je moeder voor het eerst in de boekwinkel.'
'Ze was zenuwachtig vanmorgen,' lacht Leentje. 'Je had haar moeten zien frunniken met d'r nieuwe oorbellen. Ze kreeg ze maar niet in, haar handen trilden veel te erg. Uiteindelijk smeet ze ze woedend in een hoek van de kamer...'
'En toen?'
'Toen heb ik ze opgeraapt en in haar oren gedaan.'
Grinnikend lopen ze door. Op de brug blijft Paul staan.
'Wanneer kom je langs om met mijn opa te praten?'
Leentje weet meteen wat Paul bedoelt. 'Ik eh... ik vertel het liever niet meer tegen jouw opa. Mijn moeder werkt nou bij hem, zie je...'
Paul knikt begrijpend.
Het blijft een tijdje stil. Naast elkaar hangen ze over de brugleuning en staren in het water. Langs hen knetteren brommers en ronken auto's. In de verte toetert een boot.

Paul kijkt van opzij naar Leentje. 'Enne... wat doe je nou?' Leentje wringt haar voet tussen de spijlen van de brugleuning door. 'Onder het koken wil ik er met mijn vader over praten.'
Opeens begint de bel van de brug te tingelen. De hekken gaan al naar beneden.
'Vlug!' Paul sleurt Leentje de brug over.
Op de hoek van de straat houdt Paul Leentje tegen. 'Ik... ik wou je wat vragen.' Verlegen kijkt hij naar de grond. 'Heb je soms zin om zaterdag mee te gaan mijn moeder van de trein te halen?'
Leentje denkt na. Eigenlijk vindt ze het een beetje eng, zo'n vreemde mevrouw die overspannen is. Wat moet je tegen zo iemand zeggen?
'Je hoeft niet, hoor.'
'Jawel, ik ga mee.'
'Tof van je!' Paul port Leentje in haar zij en holt weg.

# *Pizza*

Zodra haar vader thuiskomt, pakt Leentje de boodschappentas van de kapstok. 'We doen meteen de boodschappen voor onze pizza.'

'Prima.' Met een vrolijk gezicht schuift vader zijn koffertje onder zijn bureau.

Met haar jas nog maar half aan holt Leentje naar buiten. Op de stoep blijft ze staan. 'Weet jij eigenlijk wat we allemaal nodig hebben?'

Vader krabt op zijn hoofd. 'Eerlijk gezegd niet.'

Ze schieten allebei in de lach.

'Wacht...' Leentje gaat naar binnen en pakt een kookboek uit de boekenkast. Ze leest de inhoud: 'Pannekoeken... poffertjes... hè, pizza staat er niet in.' Teleurgesteld klapt ze het boek dicht.

Maar vader heeft meteen een oplossing: 'Boekwinkels verkopen toch kookboeken?'

'Bij Los staat een hele plank vol. Dan zien we mama ook!' zegt Leentje.

Vader krijgt pretogen. 'Kom mee!' En hij houdt de deur voor Leentje open.

Op straat geeft vader Leentje een arm. 'Gezellig, zo met mijn grote dochter.'

Druk babbelend lopen ze de winkelstraat in. Voor de boekwinkel houden ze stil. Door de etalageruit zien ze hoe moeder een oudere dame helpt, terwijl meneer Los achter de toonbank tijdschriften uitpakt. Vader lacht jongensachtig. 'We zoeken gewoon een kookboek uit en we zeggen niks.'

Zo onopvallend mogelijk stappen ze naar binnen en lopen naar de kast waar de kookboeken staan. Moeder heeft niks in de gaten. Pas als de oudere dame de winkel uit is, merkt ze hen op. Voordat ze iets kan zeggen, stapt vader op haar af.
'Dag mevrouw, wij zoeken een kookboek.'
'Voor beginners?' vraagt moeder plagerig.
'Nee, voor echte smulpapen. Het liefst een kookboek met buitenlandse gerechten.'
Lachend pakt moeder een dik boek van de plank. 'Wat dacht u hiervan?'

Aandachtig bladeren vader en Leentje in het boek.
'Hmmm... pizza! Dat bedoelen we toch, pap?'
'Jazeker.' Uiterst beleefd overhandigt Leentjes vader het boek aan zijn vrouw. 'Doet u dit maar.'
Achter moeder aan lopen ze naar de toonbank. Nu ziet meneer Los hen ook.
'Ha, die Leentje! En dan bent u zeker meneer Kooi.' Vriendelijk steekt hij zijn hand naar vader uit.
'We gaan een pizza bakken,' vertelt Leentje opgewonden. 'Ik heb vorige week al pannekoeken gebakken, maar voor mijn vader wordt dit de eerste keer.'
Vader ritst zijn portemonnee open. 'Ja, deze pizza wordt mijn eerste kookkunst.'
'Kijk eens aan, voor de eerste keer koken en dan maar meteen een pizza. Nou, ik wens jullie succes. Morgen hoor ik wel van uw vrouw hoe het gesmaakt heeft.'
'Misschien is ze morgen wel ziek.' Leentje grinnikt ondeugend.
'Pas op, hoor!' waarschuwt meneer Los. 'Ik kan je moeder niet missen.'
'We zullen ons best doen,' belooft vader. En lachend lopen ze de winkel uit.

Terwijl vader zorgvuldig de ingrediënten voor de pizza's in kleine stukjes snijdt, maakt Leentje de bodems.
'We kunnen samen wel een restaurant beginnen. Moet je zien wat een prachtige pizza's dit worden!' Tevreden verdeelt vader de plakjes ui en tomaat over de bodems.
Als hij klaar is, pakt Leentje de lucifers van de plank. 'Mag ik ze in de oven zetten?'
'Goed, dan ruim ik intussen de keuken op.' Vader pakt een doekje van het aanrecht en veegt de rommeltjes bij elkaar.
Op het moment dat Leentje de pizza's in de oven schuift, gaat de telefoon. Leentje klapt het deurtje van de oven dicht. 'Ik neem 'm wel op!' Ze rent naar de kamer. Zeker

Paul die wil weten of de pizza gelukt is.
'Hallo, met Leentje!' roept ze vrolijk door de hoorn.
'Je spreekt met Claudia Vermeulen,' zegt een stem aan de andere kant van de lijn. 'Mag ik je vader even spreken?'
'Een ogenblikje.' Leentje legt haar hand op de hoorn en wil haar vader roepen. Maar dan ziet ze hem met een rood hoofd in de deuropening staan. Er gaat een schok door haar heen en haar hart begint te bonzen. 'Dat is zij... dat is zij...' schiet het door haar heen. Haarscherp ziet ze de twee hoofden voor zich, alsof ze naast de auto staat. Opeens wordt ze razend op die Claudia Vermeulen. Is dat mens nou helemaal stapelgek geworden om haar vader zomaar op te bellen... Ze trekt haar hand weg en brult in de hoorn: 'MIJN VADER HEEFT GEEN TIJD OM MET U IN DE AUTO TE ZOENEN! HIJ MOET KOKEN!'

Woedend smijt Leentje de hoorn op de haak. Als ze zich omdraait, kijkt ze in het verschrikte, witte gezicht van vader. Trillend staat ze daar. 'Hoe durft dat vuile mens je op te bellen...' schreeuwt ze. 'Hoe durft ze...! Ik... ik wil niet dat ze jou van mama afpikt. Als ik haar nog één keer zie, vermoord ik d'r... hoor je dat!'
Huilend zakt ze op haar knieën en slaat haar handen voor haar gezicht. 'Ik wil niet dat je weggaat... dat wil ik niet!'
Vader hurkt bij Leentje neer. 'Ik geloof dat wij samen moeten praten.'
Door haar tranen heen kijkt Leentje haar vader aan. 'Laat hij alsjeblieft geen smoesjes verzinnen... anders geloof ik hem nooit meer...'
Vader legt een hand op Leentjes hoofd. 'Leentje, in elke relatie komen wel eens tijden voor dat één van de twee het niet meer zo ziet zitten. De ene mens kruipt in zijn schulp, de ander verstopt zich in zijn werk. En weer een ander zoekt begrip en troost bij iemand die lief voor hem is...'
Het blijft even stil en dan gaat vader verder: 'Zo iemand is Claudia voor mij. Ze is als een vriendin voor me. Van een vriendin kun je ook houden, die geef je wel eens een zoen. Ik snap dat jij verschrikkelijk bent geschrokken toen je dat zag. Maar je moet me geloven als ik zeg dat ik niks liever wil dan dat het weer goed komt tussen mama en mij. Als ik dat niet zou willen, zou ik hier nu niet staan koken.'
Leentje kijkt in vaders ernstige ogen. Hij heeft haar niet gerust kunnen stellen dat het weer goed komt, maar hij heeft tenminste een eerlijk antwoord gegeven. Ze slaat twee armen om hem heen en drukt haar gezicht tegen zijn wang.
'Denk je dat het helpt dat mama nu werkt?' Ze kijkt haar vader hoopvol aan.
Vader trekt Leentje dicht tegen zich aan. 'Laten we het hopen.'
Een tijdje zitten ze zo, zonder dat een van de twee iets zegt.

Dan schrikt vader op. 'De pizza's!'
Hij holt naar de keuken en draait de oven uit. Als hij het deurtje opendoet, slaat de zwarte walm in hun gezicht. Leentje moet ervan hoesten.
Op de bakplaat liggen zwartgeblakerde pizza's.
Leentje en vader kijken elkaar beteuterd aan en dan barsten ze in lachen uit.
Vader haalt met een pannelap de bakplaat uit de oven.
'Wat zal mama ons uitlachen.'
'Niks uitlachen! We vertellen lekker niks. Als jij ervoor zorgt dat die stank uit de keuken gaat, dan koop ik bij de supermarkt kant-en-klare pizza!' En voordat vader bezwaar kan maken is Leentje al weg.
Nog geen vijf minuten later is ze terug. Haastig maakt ze de dozen open.
De pizza's liggen nog niet in de oven of ze horen moeder thuiskomen.
'Stop die dozen weg!' sist vader.
Leentje vouwt de dozen zó dat moeder niet kan zien dat er pizza in heeft gezeten en schuift ze langs de zijkant van de vuilnisbak.
Vader wijst naar de deur. 'Doe maar dicht, de rook is er nu wel uit.'
'Hèhè, wat heb ik hard gewerkt,' zucht moeder.
'Over een half uurtje is de pizza klaar,' zegt Leentje.
'Heerlijk, ik heb echt trek.' Moeder ploft op de bank.
Vader pakt een glas uit de kast. 'Ik zal vast wat voor je inschenken.'
'Wat voor pizza hebben jullie gemaakt?'
O hemel, vader werpt Leentje een hulpeloze blik toe. Maar die weet het ook niet. In de haast heeft ze gewoon drie pizza's uit het diepvriesvak gerukt.
'Mag ik het nog niet weten?' vraagt moeder lachend.
'Nee, dat is een verrassing, hè pap?'
Vader knikt geheimzinnig. 'Ja, een héél grote verrassing.'

# *IJs met slagroom*

Vandaag is het zaterdag. Paul en Leentje zitten al vroeg in de bus om de moeder van Paul van de trein te halen. Ze zeggen niet veel. Leentje vindt het nog steeds een beetje eng, zo'n overspannen moeder. Hoe zal ze eruitzien? Vast een heel mager, ziekelijk en zielig iemand.
Paul praat ook niet. Die zit te dromen over het strandpaviljoen. Hij hoopt zo dat het doorgaat.
Zodra ze op het station aankomen, kijkt Paul op de stationsklok. Dertien over negen...! 'Gauw! De trein kan elk moment komen.'
Hijgend hollen ze het perron op.
'Daar heb je de trein al!' Opgewonden wijst Paul naar een trein die met veel gekrijs remt. De deuren gaan open. Een lange rij mensen stapt uit.
'Paulus!' Blij loopt een forse, stevige vrouw op Paul af, tilt hem op en zwiert hem in het rond.
Leentje kijkt verbaasd naar de vrouw. Is dat nou een overspannen moeder?
'Kijk mam, dit is Leentje.'
'Dag mevrouw.' Verlegen steekt Leentje haar hand uit.
'Zo meid, zie ik jou ook eens. Paul heeft al veel over je verteld. En zeg maar Wil, hoor, dat klinkt veel gezelliger dan mevrouw.' Wil geeft Leentje een stevige hand.
'Nou, dat was geen hand van een mager, ziekelijk iemand!' Gniffelend kijkt Leentje naar haar hand. Het valt mee, die zit er nog aan.
'Eerst koffie, jongens. Ik ben al vanaf zeven uur onderweg.' Wil loopt het station uit en gaat het dichtstbijzijnde restau-

rant binnen. Aan een tafeltje bij het raam ploft ze neer. 'Ziezo, wat willen jullie?'
Paul heeft zin in ijs. Leentje twijfelt. 'Is het niet veel te vroeg voor ijs?'
'Wat maakt het nou uit hoe laat het is? Als je trek hebt in ijs, heb je trek in ijs, makkelijk zat.' Wil schuift haar stoel naar achteren en loopt naar het buffet.
Leentje kijkt haar na. 'Ik dacht dat jouw moeder er heel anders uit zou zien.'
'Hoe dan?'
'Nou, zielig en ziekelijk...'
'Mijn moeder zielig en ziekelijk?' Paul rolt nog net niet van zijn stoel. 'Mijn moeder zielig... haha... laat ze het maar niet horen... haha... Hoe kom je daar nou bij?'
'Je hebt me zelf verteld dat ze overspannen was.'
'Wat heeft dat er nou mee te maken?' lacht Paul.

'Wat valt hier te lachen?' vraagt Wil nieuwsgierig.
'Leentje dacht dat jij er zielig en ziekelijk zou uitzien, omdat je overspannen bent.'
Wil legt een hand op Leentjes schouder. 'Dat hoeft niet, hoor. Paul heeft een meester gehad, een heel stoere, die werd ook overspannen...'
'O, meester Blok,' zegt Paul. 'Nou, die was bepaald niet ziekelijk hoor, dat was de sterkste man van Bergen.'
Leentje krijgt een kleur. Ze prutst aan een bierviltje.
'Ik dacht het altijd. Wat is overspannen dan eigenlijk?'
Wil schuift haar stoel iets dichter bij Leentje. 'Als je overspannen bent, zijn je gedachten in de war. Als het goed is, ben je de baas over je gedachten. Maar als je overspannen bent, zijn je gedachten de baas over jou. Dat is heel naar, daar word je zenuwachtig van. Bovendien raak je overstuur van dingen die je anders wel aan kunt.'
'Dus eigenlijk kan iedereen overspannen worden?' vraagt Leentje.
Wil knikt. 'Als je niet goed op jezelf past wel. Het kan ook gebeuren als je opeens iets moeilijks meemaakt.'
'Het is net als met een been breken,' legt Paul uit. 'Als je niet uitkijkt, kun je je been breken. Maar het kan ook gebeuren als je wel uitkijkt, dan heb je pech.'
'Zo is het, iedereen kan een been breken,' zegt Wil.
'Ik hoop niet dat het mij gebeurt, mevrouw.' De ober zet koffie en ijs op tafel. 'Stel je voor, dan kan ik de tent wel sluiten.'
Lachend roert Wil in haar koffie. 'Ik zal voor u duimen dat het nooit gebeurt.'
Leentje kijkt naar Paul en dan weer naar Wil. Ze kan zien dat die twee blij zijn dat ze weer samen zijn.
Paul breekt een stuk van zijn wafel en begint erop te knabbelen. 'Heb je ook nog gelachen bij tante Jannie?'
'Hou op, vooral om oom Karel. Als vrachtwagenchauffeur maak je wat mee onderweg. Hij heeft de gekste verhalen

verteld. Het zijn schatten, echt waar. Ik zal ze missen.'
'Hoezo missen?'
'Ik ga weer naar huis,' zegt Wil vastbesloten.
'Wat...?' Van verbazing vergeet Paul een hap ijs te nemen. De lepel blijft voor zijn open mond steken.

Wil schiet in de lach. 'Ik vind dat ik lang genoeg ziek ben geweest. Het moet maar eens afgelopen zijn.'
'Dus je gaat niet meer terug?'
'Nee.' Wil neemt een slok van haar koffie.
'Waarom heb je dat niet eerder verteld?'
'Omdat ik het niet eerder wist. In de trein wist ik het pas. Toen ik die suffe mensen allemaal zag zitten achter hun krantje, dacht ik: "Kom op, Wil, het wordt tijd dat jij weer eens onder de mensen komt, anders wordt deze wereld veel te saai." '
'Wat ben je toch een gek mens!'
'Knettergek.' Wil krabbelt Paul als een kat achter in zijn nek.

Paul springt van zijn stoel op en blaast in zijn moeders oor. 'Hou op!' lacht ze. 'Je weet dat ik daar niet tegen kan... hou op!'
'Vooruit dan maar. Omdat je zo zielig bent, maar anders...'
Nu moeten ze alledrie lachen.
'Wie wil een dropje?' Leentje legt een rolletje op tafel.
Paul en Wil steken tegelijk hun hand uit. Paul het snelst. Plagerig houdt hij het voor zijn mond, alsof hij het helemaal alleen gaat opeten.
'Zie je nou, Leentje? Hij gunt zijn overspannen moeder niet eens een dropje. Zo gaat het thuis nou ook altijd. Wat moet dat worden in ons strandpaviljoen?' En Wil knipoogt naar Leentje.
'Gaat het dan door?' Uitgelaten gooit Paul het rolletje naar Wil, die het handig opvangt.
'Of het doorgaat? Natuurlijk! Wat dacht jij nou? Volgende week zit ik er al.' Wil steekt een dropje in haar mond.
'En ik dan?' vraagt Paul.
'Jij blijft tot de paasvakantie bij opa.'
Nog drie weken dus, rekent Paul vlug uit. 'Krijg ik dan meteen een hond?'
'Dat hadden we toch afgesproken? Als je er maar zelf voor zorgt.' Wil pakt de kaart en kijkt erop. 'Ik neem nog een koffie. Willen jullie nog wat? Ik heb zoveel geld over, want bij tante Jannie mocht ik niks betalen.'
Paul strijkt over zijn buik. 'Ik heb genoeg.'
'Ik ook.'
Wil staat op en bestelt nog een koffie.
'Weet je nog van het asiel?' vraagt Leentje.
'Tuurlijk, dacht je dat ik het vergeten was?'
En zodra Wil terug is, vertelt Paul van hun plan.
Wil vindt het een goed idee. Dan vist ze een pakje shag en een doosje lucifers uit haar tas. 'Draai jij er een voor me, Paul? Zo'n echt lekker Paulus-shaggie!'
'Kom maar hier, ouwe smoker!' Paul draait een heel dun

shaggie, het lijkt wel een strootje.
'Kom jij dan in de paasvakantie bij ons logeren, Leentje?' vraagt Wil.
'Graag, dan kom ik met de trein.' Leentje glundert helemaal.
Paul stopt het shaggie in Wils mond en houdt er een lucifer bij. 'Of je vraagt of je moeder je met de auto brengt.'
'Mijn moeder heeft geen rijbewijs, alleen mijn vader kan autorijden.'
'Wàt?' Wils stem klinkt fel. 'Het is toch te gek! We leven bijna in het jaar tweeduizend en nog steeds zijn er vrouwen die niet kunnen autorijden!'
'O, ik wed dat Leentjes moeder nog dit jaar haar rijbewijs heeft,' zegt Paul. 'Laat dat maar aan opa over.'
'Opa? O ja, jouw moeder werkt bij opa! Nou, ik weet er alles van. Opa is tenslotte mijn eigen vader. Vroeger moesten wij alles leren,' vertelt Wil. 'Of je nou een jongen was of een meisje. Timmeren, zagen, koken, naaien. Ik heb wat gemopperd op dat rot-elektra. Ik weet niet hoeveel stoppen ik heb laten doorslaan. Maar dat kon opa niks schelen. "Opnieuw," zei hij dan. "Je blijft net zolang met die stekker bezig tot de lamp brandt." En je ziet het: nou ben ik alleen en ik wil een strandpaviljoen. Daar valt altijd wel wat te klussen. Stel je voor dat ik niks zelf kon!' Wil neemt een trekje van haar shaggie en blaast de rook uit. 'Ik kan toch zo kwaad worden op vrouwen die denken dat er niks anders dan huishouden bestaat!'
'Ik hoor het al, mam. Je bent weer helemaal beter.'
En lachend slaat Paul zijn arm om zijn moeder heen.

# *Trakteren*

De dagen vliegen voorbij. De moeder van Leentje werkt alweer vier weken in de boekwinkel.
Leentje zit een beetje stilletjes aan het ontbijt.
Bezorgd kijkt moeder haar aan. 'Is er iets?'
Leentje laat een suikerklontje in haar thee vallen. 'Vandaag is Paul voor het laatst op school.'
'Dat is ook zo.' Moeder pakt het mes en begint brood te snijden. 'Volgende week breng ik jou naar Bergen aan Zee. Ik verheug me erop dat strandpaviljoen te zien. Misschien blijf ik wel een nachtje logeren.'
Meteen wordt Leentje weer vrolijk. Wat is haar moeder toch veranderd sinds ze werkt. Vroeger piekerde ze er niet over zonder vader ergens te overnachten.
'Waarom gaan we eigenlijk niet met zijn drietjes?' stelt vader voor. 'Als ik die vrijdag vrij neem, kunnen we een lang weekend blijven. De moeder van Paul verhuurt daar toch zomerhuisjes? Nou, wat let ons?'
'Wat ons let?' Verontwaardigd houdt Leentjes moeder haar mes stil. 'Ik werk op vrijdag, weet je nog?'
'Nee, dan gaat het niet,' zegt Leentje. 'Kun jij anders die maandag vrij nemen, pap?'
'Maandag is bij ons juist zo'n drukke dag. Ik snap niet waarom we niet op vrijdag kunnen.' Geïrriteerd roert vader in zijn thee. 'Meneer Los heeft zijn hele leven alleen in die boekwinkel gestaan. Zou die dan nu niet één dagje zonder jou kunnen?'
'Dat gaat jou niks aan!' antwoordt moeder nijdig en ze smijt een boterham op vaders bord. 'Ik bemoei me toch ook

niet met jouw werk?'
'Sorry, ik moet er nog een beetje aan wennen dat mijn vrouw tegenwoordig zelfstandig is.'
Moeder neemt een slok van haar thee. 'Dat zou ik dan maar gauw doen. Dit is nog maar het begin. Ik ben van plan nog veel zelfstandiger te worden!'
'Nou nou,' grinnikt vader. 'Wat ben je allemaal van plan?'
Terwijl moeder haar brood smeert, kijkt ze hem uitdagend aan. 'Volgende week heb ik mijn eerste rijles.'
'Wat...?' Vader let niet op en strooit een hele berg hagelslag op zijn boterham. 'Rijles... Jij...?'
Moeder knikt kalm. 'Ik neem rijles op kosten van de zaak. Meneer Los wil dat ik in de toekomst ook de boekenbeurzen ga bezoeken. En daar heb je echt een auto voor nodig.'
Vader krijgt een kleur. Leentje ziet dat hij het er moeilijk mee heeft dat moeder zo verandert.
'En moet dat allemaal op die donderdag en die vrijdag?'
Moeder schudt haar hoofd. 'Ik heb er geen bezwaar tegen meer te gaan werken. Het bevalt me best daar.'
'Toe maar,' zegt vader spottend. 'Mevrouw krijgt de afdeling Inkoop onder haar beheer! Zo meteen neem je die winkel nog over.' Venijnig propt hij een stuk brood in zijn mond. De hagelslag klettert op zijn bord.
Moeder geeft Leentje een knipoog. 'Je weet het maar nooit.'
Leentje moet lachen om haar vader, die plotseling tekenen van jaloezie begint te vertonen. Ze krijgt zin hem een beetje te plagen. Ze geeft haar moeder ongemerkt een schopje onder de tafel. 'Gaat die knappe boekverkoper ook naar die beurzen?'
'O, je bedoelt Bob?' Moeder speelt het spelletje mee. 'Ja, die gaat naar elke beurs.'
Vader verslikt zich bijna in zijn brood. Toch reageert hij niet. Zwijgend eet hij door. Dan staat hij op en trekt zijn jas aan. Bij de deur blijft hij staan dralen. 'Eh... moet ik die

maandag nou vrij nemen, of heeft mijn vrouw geen tijd een weekend met haar man weg te gaan? Moet ze soms met een of andere Bob naar een boekenbeurs?'
'Het hangt ervan af. Eigenlijk zit mijn agenda propvol tot het eind van het jaar. Maar voor een weekend romantiek met een aantrekkelijke man heb ik misschien nog wel een gaatje.'
Nu moet vader toch wel een beetje lachen.
'Tot vanavond dan maar.' Hij geeft moeder en Leentje een zoen en vertrekt.
'Wil jij nog even mijn aardrijkskunde overhoren? Ik heb vandaag een proefwerk.' Leentje duwt haar schrift in moeders handen.
Maar moeder geeft het terug. 'Sorry Leen, dat had je gisteravond moeten vragen. Ik moet zelf ook zo weg.'
'Waar naartoe?' vraagt Leentje verbaasd. Ze is het niet gewend dat haar moeder iets speciaals te doen heeft, behalve op donderdag en vrijdag.
'Kun je een geheimpje bewaren?'
'Natuurlijk.'
'Ik ga me vanochtend opgeven voor een cursus boekverkopen.'
'Wat stoer! Mag je dan een eigen boekwinkel beginnen?'
'Ja, maar dat ben ik niet van plan. Meneer Los heeft graag dat ik het boekverkopersdiploma haal. Hij wil dat ik de zaak kan voortzetten als er met hem iets gebeurt. Tenslotte heeft geen van zijn kinderen belangstelling voor de zaak.'
'Spannend mam! Moet je dan naar school?'
Moeder knikt opgewonden. 'Twee avonden in de week. Zeg nog maar niks tegen papa, dat komt wel. Het begint toch pas na de paasvakantie.'
'Wat leuk!'
'Gek hè, ik werk nog maar zo kort, en toch kan ik me nu al niet meer voorstellen dat ik elke dag thuis zat.' Haastig stapelt moeder de vuile borden op elkaar.

Leentje kijkt op de klok. 'Half negen, ik moet weg!' Ze pakt haar tas, grist haar jas van de kapstok, geeft moeder een zoen en rent de deur uit.
'Succes met je aardrijkskunde!' roept moeder haar na.
'Jij ook, met je je-weet-wel!'

Als Leentje de klas inkomt, hangt de kaart van Europa al voor het bord. Vlug slaat ze haar schrift open en oefent de plaatsen. Ze weet ze bijna allemaal.
Annemiek komt met veel lawaai de klas in. In de deuropening blijft ze staan. 'We zouden het toch pas vanmiddag krijgen?'
Meester Niels knikt. 'Ik wil ze nog een keer met jullie doornemen.'
Paul duwt Annemiek naar binnen. Hij heeft een grote trommel bij zich. Daarmee loopt hij naar Niels' tafel.
'Waar zal ik hem neerzetten?'
Meester maakt wat ruimte op zijn tafel. 'Zet hier maar neer, Paul. Je laatste dag, jongen. We zullen je missen.'
'Kan Paul nou niet met het schoolkamp mee?' vraagt Annemiek.
Meester Niels pakt de aanwijsstok. 'Na de vakantie gaat Paul naar zijn oude school terug.'
'Dan kan-ie toch wel een weekje vrij krijgen?' roept Jeroen.
'U kunt die school toch wel opbellen?' vindt Maarten.
'Dat zou misschien wel kunnen, maar wat het schoolkamp betreft heb ik een teleurstellende mededeling.' Met een ernstig gezicht kijkt meester de klas aan. 'Ik had jullie beloofd dat ik alles zou uitzoeken. Welnu, het huren van de tenten, de camping, het eten: bij elkaar wordt dat veel te duur. Ik ben bang dat we iets anders moeten verzinnen.'
'Boeoeoeoe...!' loeit de klas.
'Dan gaan we toch niet op een camping? Bij een boer kan ook!'
'We kunnen toch brood eten!'

'Dan maken we zelf hutten om in te slapen, van takken, dat kost helemaal niks!'
'Stilte!' Niels tikt met de aanwijsstok op de grond. 'Paul?'
'Ik moest van mijn moeder zeggen dat jullie bij ons in Bergen aan Zee zomerhuisjes mogen huren, gratis.'
De hele klas begint te juichen.
'Dat is heel vriendelijk van je moeder,' zegt de meester als het weer rustig is. 'Vanavond zal ik haar opbellen om te zeggen dat we graag van haar aanbod gebruik maken.'
Enthousiast begint iedereen door elkaar te roepen.
'Kunnen we meteen het strandpaviljoen zien, Paul!'
'En je nieuwe hond!'
'En dan kan Paul toch mee!'
'Drie hoeraatjes voor de moeder van Paul!' roept meester.
'Hoera! Hoera! Hoera!'
Verlegen frunnikt Paul aan zijn trui.
'Mag ik nou uitdelen, meester?'
Niels gluurt in de trommel. 'Hmmm... graag Paul.'

Even later eet iedereen lekker een gevulde koek.
'Krijgen we nou geen proefwerk, meester? Omdat het feest is?' Annemiek kijkt met haar liefste gezicht meester Niels aan.
'Nou vooruit! Omdat dit Paul zijn laatste dag is, mag hij zeggen wat we gaan doen.' En Niels hijst de kaart van Europa omhoog.
Iedereen kijkt Paul aan.
Leentje fluistert iets in zijn oor en Paul schiet in de lach.
'Voetballen meester.'
'Hoi!' juicht de klas.
'Goed, dan doe ik ook mee!' Meester Niels wrijft in zijn handen.
'Hahaha... dat wordt lachen, jongens! Hij kan helemaal niet voetballen!' En joelend stormen de kinderen naar de gymzaal.

## *Het asiel*

In de stromende regen zijn Leentje en haar ouders gisteravond in Bergen aan Zee aangekomen. Gelukkig is het vandaag een stralende dag.
Het is te zien aan het terras van het strandpaviljoen. Zo leeg als het gisteren was, zo vol zit het vandaag met mensen in badkleding. Wil loopt heen en weer met bladen koffie, frisdrank en ijs. Het is zo druk dat ze niet eens tijd heeft om met de ouders van Leentje te praten. En Paul en Leentje kunnen haar niet helpen, want die zijn onderweg naar het asiel.
Waar ze precies moeten zijn weten ze niet, maar zodra ze de bus uitstappen horen ze geblaf.
Leentje loopt een brede straat in. 'We gaan gewoon op het geblaf af, dan komen we er vanzelf.'
Ze krijgt gelijk. Het geblaf wordt steeds harder en opeens staan ze voor een groot ijzeren hek met een bord ASIEL erop.
Paul blijft staan.
'Kom nou!' Leentje wil het hek openduwen, maar Paul houdt haar tegen.
'Zullen we wel naar binnen gaan? Ik vind het zo zielig, al die jankende beesten die opgesloten zitten.'
'Natuurlijk is het zielig,' zegt Leentje. 'Maar we gaan toch niet voor ons plezier zielige beesten bekijken! We komen hier een hond redden. Zo meteen is er tenminste één hond minder die zielig is.'
Dat helpt. Paul haalt diep adem en duwt tegen het grote ijzeren hek. Piepend en krakend gaat het open. Gelukkig

komt er meteen een man naar hen toe. Hij heeft een overall en laarzen aan en houdt een emmer voer in zijn hand.
'Kan ik misschien iets voor jullie doen?'
'We willen een hond uitzoeken,' zegt Paul.
'Dan moeten jullie bij mij zijn. Ik ben de oppasser van dit asiel.' Hij zet zijn emmer neer en loopt voor Leentje en Paul uit een lange gang in. 'Komen jullie maar even mee.'
Aan het eind van de gang zit een deur. De oppasser doet hem open. 'Hier beginnen de hokken. Kijk maar even rustig rond. Je ziet het: we hebben er genoeg.'
Samen lopen Leentje en Paul langs de hokken. Het is een oorverdovend lawaai.
In elk hok zitten wel één of twee honden en zodra ze Leentje en Paul zien, springen ze tegen de tralies.
Verschrikt doet Paul een paar stappen naar achteren. 'Zielig, hè?'
De oppasser geeft Paul een bemoedigend klopje op zijn schouder. 'Zo zielig zijn ze niet. Natuurlijk wachten ze allemaal op een nieuwe baas, maar ze worden hier goed verzorgd. Sommige hebben het beter dan vroeger bij hun baas. En de meeste honden worden vrij snel opgehaald. Wat had jij eigenlijk voor hond in je hoofd?'
'Een die al heel lang in het asiel zit, eentje die niemand wil hebben,' antwoordt Paul.
'Dan moet je dit teefje nemen.' De oppasser neemt Leentje en Paul mee naar het achterste hok. In een hoekje van het hok zit een klein zwart hondje, helemaal in elkaar gedoken.
'O, wat een lieverdje ben jij! Waarom wil niemand haar hebben?' Leentje steekt haar neus door de tralies.
'Het is geen rashond,' legt de oppasser uit. 'Bovendien moet ze twee keer per jaar getrimd worden. Dat kost geld en dat hebben de mensen niet over voor een bastaard.'
'En bouviers dan? Die moeten ook getrimd worden,' zegt Paul.
'Daar heb je het weer. Een bouvier is een rashond, daar

hebben de mensen het wel voor over.' En de oppasser wijst naar een hok er tegenover. 'Zie je die bouvier? Die zit hier pas twee dagen. Ik weet zeker dat hij volgende week weg is.'

'Gek, ze heeft juist van die lieve oogjes.' Paul steekt zijn

hand door de tralies, maar het hondje komt niet.
'Is ze schuw?'
De oppasser schudt zijn hoofd. 'Ze lijkt schuw, dat komt omdat ze zich niet prettig voelt in een hok. Zo'n hondje hoort in een gezellig huis. Dan moet je haar eens zien, dan is ze niet schuw meer.'
Paul gaat vlak voor het hokje zitten. En dan weet hij het: 'Jou neem ik, ik vind jou het liefst van allemaal. En dat trimmen leer ik zelf wel.'
De oppasser trekt een riem uit zijn zak. 'Ik zal haar voor je halen.'
'Mag ik haar zelf uit het hok halen?' vraagt Paul.
'Natuurlijk mag dat.' De oppasser geeft hem de riem. Paul gaat het hok in. Hij hurkt bij het hondje en doet heel voorzichtig de riem om haar hals. Uitgelaten springt het beestje tegen Paul op, steeds hoger. Terwijl ze hem van blijdschap een lik over zijn neus geeft.
'Je bent lief.' Zachtjes aait Paul het hondje over haar pluizige kopje en doet het hok open.
Nu is het hondje niet meer te houden. Ze is zo blij dat ze uit het hok mag, dat ze geen geduld heeft om nog een seconde langer in het asiel te blijven. Piepend trekt ze aan de riem alsof ze zeggen wil: 'Weg hier, voordat ze me weer opsluiten.'
Lachend lopen Leentje en Paul achter haar aan.
Als ze buiten staan betaalt Paul voor de hond. Hij wil de riem teruggeven, maar dat hoeft niet van de oppasser. 'Die krijg je erbij, omdat ik vind dat je een goeie keus hebt gedaan.'
'Dank u wel.' En Paul duwt het hek open.
Glimlachend kijkt de oppasser hen na, met het springende hondje tussen hen in.

'Hoe zullen we haar eigenlijk noemen?' vraagt Paul als ze uit de bus stappen.

Leentje kijkt naar het hondje, naar het snuitje dat haast verscholen ligt achter de zwarte plukjes haar. En dan weet ze hoe het hondje moet heten.
'We noemen haar Plukkie!'
'Ja, dat is een mooie naam, hè Plukkie?' En Paul streelt haar kopje.
Als ze over de zeeweg lopen, begint Leentje te snuiven.
'Ik ruik patat.'
'Klopt.' Paul wijst naar de overkant. 'Daar is Hoppie, die heeft de lekkerste patat van heel Bergen aan Zee. Jammer genoeg heb ik geen geld meer.'
Vrolijk zwaait Leentje haar portemonnee door de lucht. 'Ik heb nog geld, voor die riem. Plukkie zou toch een riem van mij krijgen? Nou, dat is niet meer nodig.'
'Dan kunnen we daar mooi een patatje van halen!' Paul steekt de straat al over.
In de snackbar legt Leentje haar geld op de toonbank.
'Drie patat.'
'Zou Plukkie wel patat lusten?' vraagt Paul.
'De patat van Hoppie wel,' lacht Leentje. 'Kijk maar!'
Nu ziet Paul het ook. Het hondje pikt juist een patatje van de grond.
Zachtjes trekt hij Plukkie aan haar staart. 'Je bent een echte vuilnisbak.'
Leentje pakt de bakjes van de toonbank en neemt ze mee naar een tafeltje bij het raam.
Het bakje van Plukkie zet ze op de grond.

Plukkie begint meteen te schrokken en nog voordat Paul en Leentje begonnen zijn, heeft zij haar bakje al leeg. Ze duwt haar kopje onder de tafel door en kijkt Paul aan, terwijl haar staartje opgewonden tegen de tafelpoot slaat. Voorzichtig duwt Paul haar kopje weg. 'Nee Pluk, je krijgt niet meer. Eén patatje is genoeg. Anders lust je straks geen ijs!' En ze schieten alletwee in de lach.

Als ze boven aan de houten strandtrap staan, wijst Paul naar het strandpaviljoen.
'Kijk Pluk, daar woon je! Zullen we doen wie het eerste er is?' En Paul stormt naar beneden, met een uitgelaten Plukkie achter zich aan.
Maar Leentje blijft staan. Ze kijkt naar een man en een vrouw die bij de zee lachend achter elkaar aan rennen.
Zijn dat haar ouders? Ze kan haar ogen niet geloven. Toch ziet ze het duidelijk: haar vader en moeder spatten elkaar nat.
Een warm gevoel stroomt door haar heen. Het is lang geleden dat ze die twee met elkaar zag stoeien. Intens gelukkig ziet ze hoe haar moeder haar vader in zee sleurt. Even vergeet ze alles om zich heen.
Tot ze iets tegen haar been voelt springen: een zwart pluizig hondje komt haar halen.

## *De brief*

'Waar gaan jullie heen?' vraagt vader, als Leentje en Paul bij de deur van het strandpaviljoen staan.
'Even met Plukkie wandelen,' antwoordt Leentje.
'Ach, doe me een lol en post deze kaarten even. Jullie komen toch langs de brievenbus.'
'Goed.' Leentje pakt het stapeltje ansichtkaarten van vader aan en stopt ze in haar broekzak.
Als ze bij de brievenbus is en de kaarten te voorschijn haalt, ziet ze dat er een brief tussen zit. Op het moment dat ze de brief in de brievenbus wil stoppen, valt haar oog op de naam die op de envelop staat: Claudia Vermeulen. Claudia Vermeulen... CLAUDIA VERMEULEN?!? Schrijft haar vader brieven naar dat mens...?
Leentje voelt alle kleur uit haar gezicht wegtrekken. Gisteren was ze nog zo gelukkig toen ze haar ouders bij de zee zag stoeien... Stelde dat dan niks voor? Ze staat doodstil met de brief in haar hand.
Paul merkt dat er iets met Leentje aan de hand is. Hij kijkt eerst naar Leentje, dan naar de brief en opeens snapt hij waarom Leentje zo geschrokken is. Hij pakt haar bij een arm, maar Leentje rukt zich los.
'Ik verscheur 'm... ik verscheur die brief...!' schreeuwt ze en ze houdt de brief al tussen haar vingers. Paul grijpt de envelop nog net op tijd vast.
'Niet doen! Je moet die brief niet verscheuren!'
'Laat los!' schreeuwt Leentje kwaad. Er springen tranen in haar ogen. 'Jij begrijpt er niks van! Dit is vast een liefdesbrief! Ik wil niet dat dat rotwijf een liefdesbrief van mijn

vader krijgt! Snap je dat dan niet!?' En woest grist ze de brief uit Pauls handen en holt ermee weg.
'Leentje, wacht nou!' roept Paul haar na.
Maar Leentje luistert niet. Buiten zichzelf van woede holt ze de duinen in, verder en verder. Ze had gedacht dat het weer goed was tussen haar ouders, maar dat is dus niet waar... Ze laat zich in een duinpan vallen en begint te snikken.
Paul komt naast haar zitten en pakt haar hand.
'Leentje, luister nou,' zegt hij zachtjes. 'Het heeft geen zin die brief te verscheuren. Dan weet je nooit of het echt waar is, snap je?'
Leentje komt overeind. 'Hoe bedoel je... echt waar?'
'Of het een liefdesbrief is,' legt Paul uit. 'Het kan ook...'
Leentje staart hem aan. 'Bedoel je... bedoel je dat we die brief moeten lezen?'
Ze kijkt naar de brief. Durft ze dat?
'Toe nou,' dringt Paul aan. 'Anders weet je het nooit zeker.'
Leentje scheurt de envelop open en haalt er met trillende vingers de brief uit. Het is maar een klein velletje wit papier. En dan begint ze met trillende stem de brief voor te lezen.

> Lieve Claudia
> Je hebt me gevraagd te kiezen. Welnu, ik heb mijn keuze gemaakt. Ik blijf bij Els. Sinds Els werkt, gaat het een stuk beter tussen ons. De laatste tijd herken ik steeds vaker die brutale levendige meid op wie ik zo verliefd was. Ik wil niets liever dan dat ons huwelijk weer goedkomt. Je zult begrijpen dat ik jou nu niet meer kan ontmoeten.
> Het ga je goed,
>
> Frank

Leentje leest de brief een paar keer over. En dan vliegt ze Paul om zijn hals.
Ze is zo blij dat ze niet eens merkt dat de brief uit haar hand valt en wegwaait.
Paul ziet het gelukkig wel. Hij springt op en holt achter de brief aan. Steeds als hij de brief wil pakken, waait-ie verder. Eindelijk heeft hij hem. Hij rent terug naar Leentje en stopt de brief in de envelop.
'Wat doen we nou? Zo kunnen we hem natuurlijk niet versturen.' Vragend kijkt Leentje naar Paul.
'Ik heb thuis nog wel een envelop en een postzegel.' En Paul loopt weg met Plukkie achter zich aan.
Als hij terug komt, stoppen ze de brief in de nieuwe envelop en plakken er de postzegel op. Daarna haalt Paul een pen uit zijn zak. Hij bestudeert aandachtig het handschrift van Leentjes vader en schrijft dan het adres over. Letter voor letter, zodat het op vaders handschrift lijkt.
Wat later staan Leentje en Paul weer bij de brievenbus. Leentje duwt de brief in de gleuf. Ze houdt hem nog even vast en kijkt Paul aan. Dan slaakt ze een heel diepe zucht en laat de brief vallen.

# *Inhoud*